徳間文庫

僕らの課外授業

赤川次郎

徳間書店

目次

僕らの課外授業

プロローグ

朝の八時四十分頃、東京駅に行ったことがあるかな。

もちろん、祭日や日曜日じゃない、普通の日だ。そう、たぶんないだろうな。中学生や高校生には、およそそんな時間に東京駅へ行く用事なんて、考えられない。

ところが、めったにないこと、必ずしも君の身に起こらないとも限らないのだ。ちょうどこの朝、中込友也（なかごめともや）が、その「めったにないこと」にぶつかったように。

——死ぬよ、もう！

中込友也は、さっきから何十回も同じことをつぶやいていた。

高尾（たかお）発東京行きの中央線快速電車は、やっと御茶ノ水（おちゃのみず）に着いた。——何が快速だ、年中停まりやがって！

友也は、四谷駅で左にねじれた体を御茶ノ水の駅で、やっと元に戻した。何しろものすごい混雑。――いや、いつも空いた電車で学校へ通っていた友也は、こんなに押されて、潰れちゃうんじゃないか、潰れなくとも、酸素が足りなくなって、窒息するんじゃないか、と本気で心配したくらいだ。

しかし、一緒に乗っている大人たちの顔を見ると、そう恐怖にゆがんでもいなくて、もうあきらめきったようす。どうやら、今日が特別な混み方というわけでもないらしいと分かって、ひとまず安心した。

安心しても、暑さと息苦しさは一向に逃げていかない。

二学期が始まって半月。九月の中旬といえば、まだ残暑でうだる日もある。その中でこの混雑である。立っているだけで汗が出る。額といわず首筋といわず、背中といわず、汗がどんどん流れ落ちていく。それをぬぐおうにも、ハンカチ一枚、ポケットから出せないのだ。手を動かせないのである。

もう、ただ早く東京駅へ着いてくれないかと、それだけを友也は祈っていた。

電車はノロノロと進んでは停まり、進んでは停まって、やっと神田に着いた。いくらか降りる人もあって、少し人の塊が揺れ動いた。

四谷駅あたりでは大分殺気立っていた車内の空気も、終点が近づくにつれ、大分和やかになってきて、誰もがホッとしているようだ。もちろん友也も例外ではない。

中込友也は、杉並の区立中学三年生である。体が大きいので、たいてい高校生だと思われる。

実際に高校生ならいいのに、と友也は思った。高校生なら、来年の高校受験はないわけだから。当たり前の話だが。

ところでごく普通の中学生である友也が、なぜこんな通勤ラッシュの国電に乗っているのか、というと、家の用事で仕方なく、東京駅まで荷物を受け取りに行くところなのである。

仕方なく、とはいっても、友也にすれば、親公認で授業をさぼれるのだから、こんなうまい話はない。むしろ喜び勇んでこの役を引き受けたのだった。

もっとも、そのときは、こんな殺人的混雑の電車に乗ることなど計算に入っていなかった。

友也の父親は、転勤で名古屋へ行って、もう一年近くになる。家には高校受験を控えた友也と、私立中学を受けようとしている妹がいるので、結局母親は東京に残って、父一人が名古屋へ行くことにしたのである。

おかげで、普通なら父がやるようなこういう仕事も、ときどき友也のほうへ回ってくる。友也としては、それが楽しみでもあって、大人びた気分を味わっては、妹にいばり散らして、馬鹿にされているのだった。

神田駅を出て、もう東京駅のレンガ色の姿が見えて来ると、そろそろ乗客たちも、モゾモゾと動き始める。——その拍子に、友也はその女の子に気づいたのだった。

俺みたいな奴がいる、と友也は思った。もちろん、その女の子が友也に似ていたわけじゃない。

たぶん同じくらいの年齢で、セーラー服でこそないけれど、白のブラウスの胸元にはどこかの学校の紋章（もんしょう）が縫い取ってある。

丸っこい顔の、可愛い女の子で、友也の好きなアイドル歌手と、どことなく似た顔立ちだった。

しかし、この電車で、どこへ行くんだろう？　友也は、女の子が、学校鞄（かばん）をさげているのに気づいた。あんな所に学校があるのかな。もしあるとしても、時間がおかしい。もっと早く始まるはずだ。

何か用事があって、駅に寄ってから学校へ行くのか。友也は、どうにも、その女の子のことが気になって、目を離すことができなかった。

やっと、東京駅のホームに電車が滑り込んだ。やれやれ、乗っていたのは一時間足らずだが、友也は三時間も乗っていたような気がした。

扉が開くと、たちまちホームは人であふれる。そして階段へ向けて、滝がなだれ落ちるように、流れができる。

友也は感心した。あの大混雑から解放されたのだから、思い切り駆け出したくなるだろうと思ったのに、いとも従順に、黙々と流れに従っている。

毎日、訓練されているのかもしれないが、それにしても大したものだ、と思った。

もちろん、こういうとき流れに逆らって動くことはできないので、友也も、おとなしく流れに沿って小刻みに足を進めて行った。

いつになったら階段につくのかなあ。

あの女の子の姿も、もちろんどこかに見えなくなっている。

「ここから階段です」

という札が下がっている。こういう表示が必要だということが、友也にも実感できた。

階段を降り始めて、友也は目の前を、あの女の子が歩いているのに気づいた。いったいどこから出て来たのか、ふと見るとそこにいた、という感じである。

ツイてるなあ、今日は、と友也は思った。こんなことでも、あの満員電車の苦労を帳消し（ちょうけ）にするには充分なのである。

いい気分で階段を降りて行くと、前にいたその女の子が、突然ふらついた。階段に足をおろすタイミングがずれたらしい。倒れそうになる。この混雑の中で転んだら、それこそ大変である。

友也は、とっさに手をのばして女の子の腕をつかんだ。女の子は何とか転ばずに済んで立ち直った。

女の子が振り向いて友也を見ると、急に頰（ほお）を赤く染めた。

「――ありがとう！」

と低い声で彼女は言った。

だが、ここでのんびり話をしている暇は、残念ながらなかった。そのまま階段を降り続けなくてはならないのだ。

通路へ出ると、友也はどっちへ行ったものやら迷ったが、いやおうなしに、流れに押されて歩き出していた。あらかじめ、階段を降りるときに、左右どちら側かへ寄っておかないといけないらしい。

人の波にのまれて見えなくなっていたあの女の子が、またヒョイと姿を見せた。どうやら、この女の子とよほど縁があるんだなあ、と友也は思った。

「そうだ」

どうせ今日は学校を休んだのだ。荷物を受け取るだけなら、そう時間はかからないだろう。この女の子がどこへ行くのか、ちょっとついて行ってみるのも面白いかもしれない……。

少し、人の流れも散り始めて、何とか思う方向へと歩けるようになってきた。

女の子は急いでいるらしく、足を早めて改札口へと向かった。東京駅に詳しくない友也には、そこが何口なのかも分からなかったが、ともかく出口には違いない。

女の子は、後ろを振り向く余裕などない様子で、ほとんど走るような足取りで駅の広い構内を横切って行く。大柄で、足にも自信のある友也でさえ、ついて行くのに苦労するほどだった。

いったいどこへ行くんだろう?

友也は、女の子を見失うまいとして必死だった。ついて行って、どうするのか、それを考えるだけの余裕もなかった。

女の子は腕時計を見ながら、ますます足を早めた……。

1　幽霊を尾行しろ

それは突然やって来た。

考えごとをしながらぼんやり立っていた友也の頭めがけて、バレーボールが唸りをたてて空を切った。

グワーン、と耳が鳴って、友也は一瞬よろけた。何だ？　どうした？

いっせいに笑い声が起こった。

「おい、何、ぼんやりしてんだよ！」

中込友也は、やっと、自分がバレーボールをやっていたんだな、と思い出した。

「おい、代わってくれ！」

と声をかけて、友也はバレーコートを出た。

頭にボールをいやというほどぶつけられて、まだ足元がフラつく。友也は、木の下に腰をおろした。

昼休み。よく晴れて、上天気である。

しかし、空気が乾いていて風があるので、涼しかった。――秋なんだな、と友也はあまり似つかわしくないことを考えた。

「中込君」

声をかけてきたのは、同じクラスの女子、北川容子(きたがわようこ)である。

「何だ？」

「悩みごと？」

「僕が？」

「だって、むずかしい顔してるわ」

「ボールを頭にくらったんだ」

容子は声をあげて笑った。

「何がおかしいんだよ！」

「だって……」

友也がにらんでも、容子は笑い続けている。そのうち、友也も笑い出してしまった。

「——妙なことがあったんだ」

少しして、友也は言った。

「UFOでも見たの？」

「違うよ」

友也は、ちょっと迷った。それから言った。

「幽霊だよ」

容子は、

「へえ」

とだけ言った。

もちろん、今の中学三年生が、お化けの話ぐらいで怖がるはずもないが、それにしても、少々物足りない反応である。

もっとも、北川容子は、何とかいう昔の殿様の子孫だとかで、いたっておっとりしたお嬢さんである。そのくせ気が強くて、男の子とも平気でけんかして、

「世が世ならお姫様なんだからね！」

といばるのがくせである。

こういう高貴な（？）生まれ育ちのせいか、怖い話を聞いても、怖がるまでに一日かかる――というのはオーバーかもしれない。

「どんな顔してた？」

と容子は真顔できいた。

「幽霊？――可愛かったよ」

と友也は言った。

「話してよ」

「うん……」

友也は、国電の中で見かけた女の子のあとをついて行ったことを話した。

「やだ、友也、女の子にくっついて行ったの？」

友也と呼ぶのは、機嫌のいいときである。

「別に変な目的じゃないぞ」

「分かってるわよ。それでどうしたの？」

「その女の子、どんどん地下へ降りて行くんだ。こっちはもうついて行くだけで精一杯さ」

「地下？　東京駅のどの辺？」

「分かんないよ、そんなこと。だって、めったにあんなとこ行かないしさ。見失わないようにと思って夢中だったもん」

「それにしたって――」

「階段だった。どんどん下へ下へと降りて行くんだ。何階分降りたかなあ。たぶん五、六階は下がってるよ」

「それで？」

「一番下に着いた。何か、人気（ひとけ）のない通路があったんだ。乗り換え用とか、そんなんじゃない。ともかく、誰もいないんだ」

「そんな所、東京駅にある？」

「あったんだよ、本当に。でも変だろ？　そんな女の子がさ、駅の、人っ子一人いない通路を歩いて行くなんて」

「その子、友也に気づかなかったの？」

「スポンジ靴はいてたから、足音しなかったと思うんだ」

「それからどうしたの？」

容子もかなり話に引き込まれている様子だ。

「真っ直ぐな通路でさ、向こうが振り向いたら終わりだから、少し間あけてついて行ったんだ。そしたら、角を曲がって――」

「角を曲がって？」

「――僕が曲がったときは、もういなかった」

「道が分かれてたの？」

「行き止まりだったんだ」

容子は、キョトンとしていたが、

「それで幽霊か」

「それだけじゃないんだ」

と、友也は言った。「そこは行き止まりで、ドアも何もない。だからあの女の子はどこへ消えちまったのか分からないんだ」

「秘密の入口でもあるんじゃない？」

「東京駅にかい？」

「そうねえ……」

と容子が考え込む。

容子は、古典的な美人の顔立ちである。だから少し大人びて見える。

あの女の子はどっちかというと丸っこい顔立ちの、「可愛い」タイプ。友也の好みとしては――どっちでもよかった。

「幻でも見たんじゃない？」

と、容子が言った。「いつも女の子を追っかけたくて仕方ないから、それが幻になって見えたのよ」

「よせよ、僕が少しおかしいみたいじゃないか」

と友也は抗議した。

「だって、その女の子が実際にいたって証拠はないじゃない」

「それが違うんだ」

と、友也は得意げに、「その、女の子のいなくなった所に、定期入れが落ちてたんだよ」

「見せて！」

「もうない」

「何だ」

「定期券と身分証明書が入ってた。写真が張ってあって、名前と住所も分かる」

「それ、どうしたの？」

「届けたんだ」

「駅に？　つまんないじゃないの！」

「違うよ。それがまた不思議なんだ」

「まだ続きがあるのね？」

「うん。――その定期入れ持って、僕は通路を逆戻りした。階段を上って行くと、何か違う場所へ出ちゃってね。あっちこっちウロウロして、やっとこ表に出たんだ」

「友也、方向音痴だもんね」

「荷物受け取って、帰ろうと思ったけど、もう一度、あの定期入れを見た。——定期券はあと四、五日で切れるようになってて、東京駅と吉祥寺の三か月定期だった」

「それで？」

「考えたんだ。どうせ今日は一日時間がある。せっかくあの子をつけてみたんだ。とことんやってやれ、と思ってね」

「分かった！　その家へ行ったんでしょ」

「正解。ところがね——」

駅前の交番で教えられた道をたどって、十分ほど歩くと、その家へ着いた。

身分証明書の名前は、〈大和田倫子〉とある。私立中学の三年生だった。

友也は、その玄関のチャイムを鳴らした。

——ごく普通の住宅で、割合に新しい。

少し待って、もう一度鳴らすと、

「はい、どなた？」

と女の声がした。

「すみません、ちょっと落とし物を拾ったので、届けに来たんです」

と友也は言った。

ドアが開いて、四十歳ぐらいの、少しやせ形で血色の悪い母親らしい女性が出て来た。

「あ――これ、こちらのお嬢さんのですね」

友也はその定期入れを差し出した。「ちょうどこの近くに用があったんで、届けに来たんです」

「娘の……ですけど……」

と言ったきり、その母親は、じっと定期入れを見つめている。

友也はちょっと面食らった。その母親の目から、急に涙が流れ落ちたのだ。

「どうも……ありがとう。これはどこで？」

と、その母親は涙をぬぐって言った。

「駅です。あの――吉祥寺の」

と言ってから、「何かあったんですか？」

ときいた。

「いいえ、びっくりさせてごめんなさい」

と、母親はすすりあげて、「どうぞ、入って下さいな」と促した。

本当なら、結構です、と断るところだが、ここは図々しく上がり込むことにする。

「ちょっとこちらへ……」

正面の居間ではなく、母親は友也を奥のほうの部屋へ連れて行った。

「娘の倫子はここですの」

と、母親が言った。

友也は目を疑った。四畳半の和室の奥に仏壇があり、そこには黒いリボンをかけた写真があった。

その写真の中で笑っているのは、間違いなくあの女の子だったのだ。

「――それで幽霊か」

と、容子はうなずいた。「でも、そんな馬鹿なことって――」

「うん、僕もそう思ったよ。でも、それから居間のほうでお茶とお菓子出してくれてさ、いろいろ話してくれたんだ。――倫子って女の子は、一か月前に自殺してるんだよ」

「自殺？」

「一人っ子でね、もう両親はガックリきて、父親もまるまる半月、会社に行かなかったんだって」

「一人っ子っていうと、双子の姉妹もないわけか」

「そうなんだ。僕もそれを考えたんだけどね。——ともかく、あの母親の話、嘘とも思えないんだよな」

「でも、そんな定期入れを……」

「だから、向こうは、ずっと前に娘が落としたのが、今、見つかって、それを僕が届けたと思ってるのさ」

「話したの、東京駅のこと？」

「言うもんか」

と友也は首を振った。「そんなこと言ったらどう思われるか……」

「少しここがおかしいと思われるか——」

容子は友也の頭を人さし指でチョイとつついて、「でなきゃ、謝礼目当てのでたらめかと思うでしょうね」

「そうだろ？——なあ、どうしたらいいと思う？」

いつもなら容子に「どうしよう」なんてきく友也ではないのだが、テスト直前、どうしても分からないところがあると、

「な、容子、ちょっと教えてくれよ」

と頭を下げていくので、本当に困ったときはつい頼ってしまうくせがついていた。

「一番いいのは、そんなことケロッと忘れて、勉強に精出すことよ」

「つまんないじゃないか」

「二番目は——」

「何だよ？」

容子はニッコリ笑った。

「私たち二人で調べること」

「そのほうがいいや！」

「私だってそうよ」

容子はクスッと笑った。

「じゃ、どうする？」

「今度の日曜日にハイキングに行かない？」

と、容子がきいたので、友也が面食らった。

「どこへ？」

「東京駅」

「例の通路を捜すんだな？　よし、やろう！」

友也が目を輝かせた。この場に友也の母親がいたら、これぐらい張り切って勉強してくれたらねえ、と言ったに違いない。

「おい、中込！」

と突然呼ばれて、友也はびっくりした。

見れば担任の教師野口がやって来る。ちょっと古いタイプの、おっかない顔の教師だが、実際はなかなか面白い男である。

「友也、何かやったの？」

と、容子が言った。

「よせよ、この真面目な人間つかまえて」

友也は立ち上がって、「何ですか？」

ときいた。

「お前に客だ」

「客？」

「応接室へ来い。すぐだぞ」

「はあい。――誰かな？」

一緒に歩き出しながら、容子が言った。

「幽霊じゃない？」

ところが、容子の言葉も、まんざらはずれてはいなかったのである。

応接室へ二人が入って行くと、ソファから、五十歳ぐらいの、背広姿の男が立ち上がった。

二人というのは、もちろん友也と容子で、呼ばれたのは友也だけであるが、容子は「保護者」を自称してくっついて来たのだ。

「中込君というのは……」

何となく疲れて、やつれた感じのその男は、友也の顔を見ながら言った。

「僕ですけど」

「ああ。――私は大和田という者で……」

大和田！　あの「幽霊」が大和田倫子だった。

「それじゃ、この間の……」

「そう、倫子の定期入れを届けてくれたのは君だね」

「はい、そうです」

「そのことで、ぜひ話がしたくてね。——かまわないかね」

「ええ……」

友也は、そばに立っている容子に背中を突っつかれて、「あ、あの——この子は僕の友だちで——」

「北川容子といいます」

容子は、丁寧に頭を下げた。「中込君と一緒に定期入れを拾ったんです」

よく言うよ、と友也は感心した。大和田のほうは、すっかり真に受けた様子で、

「ああ、それじゃぜひ一緒に」

とうなずく。「——娘のことは、家内がお話ししたと思うが、一か月前に、突然自殺してしまってね。私どもにもまったく理由が分からなかったんだよ」

「お気の毒でしたね」

と、容子が同情するように言った。

「ありがとう。一人っ子でもあったし、家内も私も、本当にがっかりしてしまってね。しかし、私も、いつまでも悲しんでばかりいるわけにもいかない。自分を励まして、

何とか仕事に打ち込んで悲しみを乗り越えようと思った。ところが、君が倫子の定期入れを拾ったと、届けて来てくれた」

大和田は少し間を置いて、「家内は、定期券そのものをよく見ていないので、気づかなかったが、私はすぐに変だ、と思ったんだ」

「というと――」

「倫子の学校は山手線を使うので、東京駅までの定期を買うはずがない。それにあの定期入れだ」

「定期入れがどうかしましたか？」

と、容子がきいた。なぜか話はもっぱら容子が引き受けていたのだ。

「あれには特徴があってね。あの娘が自分で、端のほうにイニシャルのM・Oを彫りつけていたんだ」

「それで？」

「ところが、その定期入れは、倫子の柩に蓋をするとき、私が柩の中へ入れてやったのだよ」

「記憶違いじゃないんですか？」

「いや、それは絶対確かだ。はっきり覚えている」

「じゃ、それがどうして吉祥寺の駅に落ちていたんでしょう?」

「そこなんだよ」

大和田は身を乗り出して、「ねえ君たち、あれは本当に落ちていたものなのかね?」

と、二人の顔を交互に見た。

「おっしゃる意味が分かりませんが」

と容子が言い返す。

「つまり……ちょっとしたいたずらで、君らがもしかして倫子のことを知っていて――」

「とんでもありません!」

いきなり容子が、大声でピシリと言うと、立ち上がった。「中込君、行きましょう」

「え?　でも――」

「いいから!　親切に家を捜して届けてあげて、それで嘘つき呼ばわりされちゃたまらないわ。ああ馬鹿らしい!　さ、行こう」

容子は、友也の手をぐいぐい引っ張って、応接室から出てしまった。

「――おい、容子、待てよ。これじゃ調べようがないじゃないか」

と、友也が言うと、

と、容子は涼しい顔で、「本当に、あれを吉祥寺で拾ったのなら、これが当たり前の反応よ。下手に話を聞き出そうとすりゃ、かえってあっちが怪しむわ」

容子に言われると、そんな気もする。

「だけど、せっかく父親が話しに来てるのに――」

「これで終わりゃしないわよ。きっとまた来るから、見ててごらんなさい」

「本当かい？」

「私がそう言うんだから確かよ」

このあふれる自信にはいつも友也は圧倒されてしまうのである。

「そうだ！　ねえ――」

教室へ戻りかけて、容子がふと思いついたように言った。「友也、その大和田倫子って子の身分証明書、見たんでしょ？」

「うん。サイズは書いてなかったぜ」

「サイズ？」

「バスト、ウエスト、ヒップのさ」

「馬鹿！　学校の名前、覚えてる？」

「馬鹿ねえ」

「もちろん。僕の従妹がそこに通ってるんだ」

「それを早く言いなさいよ！」

と、容子は、友也の背中をポンと叩いた。

「イテテ……。馬鹿力だなあ」

「大和田倫子って子の友だちに会って話を聞くのよ。親より友だちのほうがずっと話しやすいもんだわ」

「だって女子校だぜ。僕は……」

「行きたくてしょうがないくせに」

容子はフフ、と笑って、「ついてってあげるからさ」

まったく、容子の察しの良すぎるのにも、困ったもんだ、と友也は思った。

2　バイクに乗った幽霊

「来ないじゃあない、ちっとも」

容子は二杯目のアンミツを平らげて、言った。

「うん。変だなあ、確かに五時って言ったんだけど。——ここしか甘いもの屋なんてないしなあ」

友也は店の中をキョロキョロ見回した。

大和田倫子の父親が会いに来た、その日の夜、友也は従妹に電話してみた。

「ああ、あの自殺した子ね？　知らないわ、直接には。だってあの子三年で、私、二年だもの」

「仲の良かった子がいたら、ちょっと話がしたいんだけど」

と友也が言うと、向こうはしばらく考えてから、

「あ、クラブの先輩が確か仲間だったと思うわ。きいてみてあげるわ」

と言った。

その次の日に電話がかかって、

「明日の五時にになら会ってもいいって……」

ということだったので、友也は容子と一緒にこの店にやって来たのである。

ところが、もう五時半になろうというのに、それらしい女の子はやって来ない。店の中を見回せば、何人連れかの女の子はいるが、別に友也たちを待っているという様子でもなかった。

「もう少し待って来なかったら、帰ろうか」

と、友也は言った。

「そうねえ。でも女の子は一時間ぐらい待たせるのは待たせるうちに入らないからね」

と、容子は言った。「もう一杯アンミツ食べるかな……」

「よく入るな、おい！」

そのとき、店の前に、バタバタと凄い音がしたと思うと、オートバイが止まって、ジーパンにTシャツスタイルの女の子が降りて来た。

店に入って来ると、空いた席へドカッと座って、足をテーブルにのせ、やおらタバコを出して火をつける。

見たところ、せいぜい高校生だが、何しろそういうカッコが決まっているのである。

「ちょっと！」

と大声で、「クリームミツ豆！」

どうもイメージが狂う感じである。髪を長く肩にたらして、なかなかの美人である。

その娘、店の中をグルッと見回して、友也たちに目を止めると、

「ちょっと、あんたたち！」

と言った。

大体、こういうふうに呼ばれることに慣れていない容子である。ムッとした様子で、

「何よ？」

とにらみ返す。

「あんたたちじゃないの、倫子のことを聞きたいってのは？」

友也と容子は、まさか、という感じで、その女の子を見つめた……。

「──じゃ、君三年生？」

と、友也がきいた。

「そうよ。留年したからね」

その娘はアリス、といった。いや、もちろん本名じゃない。オートバイ仲間の愛称なのだそうである。

「中学生のくせに、タバコなんて体に悪いわ」

と、よせばいいのに、容子が言った。

「うるさいわね、この人。──ね、あんた可愛いね。私の好みのタイプよ」

と、友也のほうへ微笑みかける。「ねえ、二人きりで話さない？」

「そ、それはちょっと──」

「どうして？　この人がうるさいの？　追っ払ってあげようか？」

容子は頭へきた様子で、

「友也、帰ろうよ」

と立ち上がった。

「一人でどうぞ。私、この子としばらく語り合っていくから」

アリスは友也の手をつかんで離さない。

「ねえ、ちょっと――」

友也は困って、「そんな、ケンカやめろよ。話、聞きに来たんじゃないか」

と両方をなだめにかかる。

何とか、もう一度、容子を席につかせることに成功した。

「倫子のことって、何を聞きたいの？」

と、アリスが新しいタバコに火をつける。

「彼女とは親しかったの？」

と、容子がきいた。

「仲間だったからね」

「仲間って、何の？」

アリスは、表に見えるオートバイを指さして、

「あれの、よ」

「倫子さんはまだ十六になってなかったんでしょう？」

「グループの中にいりゃ、分かりゃしないもの」

しかし、あの倫子という娘が、オートバイを無免許でぶっ飛ばしていたとは、友也には信じがたい気分だった。

「ご両親は知ってたのかしら」

と容子が言った。

「さあね。ともかく、倫子、親とは完全に断絶状態だったわよ」

「断絶？」

「物分かりが悪いっていうのかな」

「――自殺の原因に心当たりは？」

「男よ。決まってんじゃない」

とアリスはあっさり言った。

「男……。恋人がいたの？」

「危ないのよね、倫子みたいなのは。私のように親なんか無視しちゃえばともかく、わざと逆らいたいでしょ。それに女の子ばっかの学校でさ、あの子、生真面目（きまじめ）に、言いつけ守って、男と付き合ってなかったから、たまに出会った男にコロッといっちゃったのよ」

「だまされたわけね」

「とんでもない不良でさ、私も知ってたけど、女の子からプレゼントもらうだけが生きがいみたいな奴だったよ」

「どうして忠告してあげなかったの？」

容子は少し腹が立ってきた。

「そこまでは口出ししないわよ。それに好きになってるときには、何言われたって、聞くもんじゃないし。逆効果よ」

それはそうかもしれない。

「それで、結局両親がね、金で話をつけたのよ」

「お金で！」

「その男にいくら払ったのか――たぶん何百万だろうね。どこかへ行ってくれって。男は姿を消して、それを知った倫子は、恋人に裏切られ、親には、それ見たことか、ってわけでしょ。たまんないよね。――その少し前から、うっぷん晴らしか、親に反抗してか、私たちと一緒になって、ときには仲間のバイクを借りて乗り回してたんだ」

「自殺って、どうやって死んだの？」

「何だ、それも知らないの？」

と、アリスはタバコを灰皿へ押しつぶした。「バイクよ。酔っ払ってね」

「お酒を？」

「男が金受け取って消えたと聞いて、カーッとなったんじゃない。バイク飛ばして、反対の車線に飛び込んで、乗用車と正面衝突。三人死んだんじゃないかな」

容子も友也も唖然（あぜん）としていた。

とても、これが自分たちと同じ中学三年生の身に起こった出来事とは思えない。もちろん、いろいろと非行に走る中学生は珍しくないが、大和田倫子の場合はけたはずれである。

「――でもさあ」

と、そのアリスという女の子は、友也と容子の顔を交互に見て、「あんたたち、どうして倫子のことなんて知りたいの？」

「ちょっと、ね」

と友也は言った。「まあ――いろいろあってさ」

「フーン、そうなの」

説明も説明だが、それで納得するほうも変わっている。

「どうもありがとう」

容子は友也を促して立ち上がった。

「ちょっと待ちなよ」

と、アリスが言った。

「何か用！」

「話させといて、タダで済ます気？」

容子はちょっと表情をこわばらせたが、鞄から財布を出して、

「いくらほしいの」

ときいた。

「あんた金ありそうだね。一万円でどう？」

「そんなに持ち合わせないわよ」

「じゃ五千円にまけとく」

容子は五千円札を出して、テーブルに置いた。

「――サンキュー」

「タバコでも買うのね。体悪くして楽しいでしょ」

そう言って容子はさっさと店を出た。

「——何か全然話が違うなあ」

と、友也は文句を言った。

「どうして？——どうせあの大和田倫子のことなんて、全然知らなかったくせに」

「そりゃそうだけどさ」

友也は、ちょっとふてくされた顔で言った。

二人は、坂道を、ぶらぶらと降りて行く。

「分かってんだ」

と、容子が言った。

「何が？」

「友也、あの子がもっと清純な乙女だと思ってたんでしょ？　それがグレてたから、がっかりしたんだ。図星(ずぼし)でしょ」

友也は答える代わりに、頭をポンと叩いた。照れているのである。

「私は逆ね」

と、容子は言った。

「逆って？」

「つまり、かえって大和田倫子に興味が湧いてきたの。その恋人の男はどこへ行ったのか？　彼女の両親は、なぜ自殺の原因が見当もつかないと答えたのか」

「娘の恥だから言いたくなかったんだろ」

「でも、それにしちゃ、あの父親の態度、変だと思わない？　私、何だか予感がするの」

「どんな予感だ？」

「何か、もっと深い事情があったんだと思うわ、彼女の自殺には……」

「事情？」

「そう。彼女の幽霊が現れたというのも、そこに何かがあるからよ」

「幽霊かな、本当に」

「それとも本人が生きているのか……」

「まさか！」

容子は何か思いついた様子で、

「――一つ仕事ができたわ」

と言った。

「僕がやるんだろ、どうせ」

「当然。――いい、大和田倫子が死んだ日の新聞を見るのよ。記事で、どんな状態だったのかを見るの」

「なるほどね。図書室のつづりを見りゃいいな。――でも、あれは自殺だったのかな？　事故だったのかもしれないぜ」

「そうだわ！」

容子はピタリと足を止めた。「どうして気がつかなかったのかしら！――事故じゃなくて、自殺というからには、何か理由があるはずだわ。遺書があるとか……」

「それは調べようがないぜ」

「あきらめちゃだめ。探偵はつとまらないわよ、そんなことじゃ」

「僕は探偵じゃないよ」

と、友也は苦笑しながら言った。

二人が坂道を下って、もうすぐ駅が見えてくるという所まで来たときだった。

ブーンと、エンジンの音が背後に近づいて来た。

「バイクだ。寄ったほうがいいよ」

と、友也が容子に言いながら、振り向いた。白いブラウスにスカートの少女が、バイクを飛ばして来る。そして——あっという間だった。

バイクは、容子とすれすれの所を駆け抜けた。

「ああっ！」

容子は叫んだ。

バイクの少女が、片手をのばして、容子の鞄を奪い取ったのである。

「待て！　こらあ！」

容子は数メートル駆け出したが、すぐにあきらめた。何しろ相手はバイクである。追いつけるはずがない。

「まったくもう！」

容子は、握りこぶしを振り回して悔しがった。「バイクに乗ってかっぱらいなんて……。ねえ、友也、どうして黙って見てたのよ！」

なんて無茶を承知での八つ当たりである。

だが、友也のほうは、容子の言葉が耳に入らない様子で、ポカンと突っ立っている。

「ちょっと、友也！　どうしたのよ！」

容子が大声を出すと、友也は、やっと我に返って、

「あ、ああ……。ど、どうかしたの？」

「何を呑気なこと言ってんの？　鞄をかっぱらわれたのよ」

ところが、友也のほうはまた心ここにあらず、という顔で、

「まさか……。でも、やっぱり……」

などとつぶやいている。

「どうしたの？」

「今のバイクに乗ってた女の子、大和田倫子にそっくりだった」

と、友也は言った。

二人が急いで坂を下って行くと、もちろんどこにもバイクの影も形もなかったが、

「鞄、あそこにあるぜ」

と、友也が、駅の改札口の前にある郵便ポストを指さした。

なるほど、容子の鞄が、ポストの上にちょこんとのっけてある。

容子は、急いで駆け寄った。

「何か盗まれてるかい？」

「今調べる。――大丈夫みたい。財布もあるし、お金も入ってる」

「どういうことなんだろう？」

「本当に間違いなかった？　確かに彼女だったの？」

「ウーン」

友也は頭をかいて、「間違いないと思うけど……。チラッと見ただけだものな」

「それにしても……。どういうつもりだったのかしらね」

と、容子は首をひねった。

3　容子が消えた

「ああ、参った！」

容子が珍しく音をあげた。

容子と友也は、東京駅地下街の喫茶店に入ると、座席へドカッと座って、しばらくはものも言えなかった。

ウエイトレスが来ても、注文するのにしばらく呼吸を整えて、

「アイス」

「アイス」

と、一言ずつ、やっと発したのだった。

二人は三時間余りにわたって、東京駅の中をグルグルと歩き回ったのである。足が疲れるのは予想していたので、どっちも軽いジョギング・シューズをはいていたが、今や、それすらも鉛の靴のように思えた。

アイスコーヒーが来ると、二人はゴクゴクと一気に飲み干してしまった。入っている氷が、ほとんど原型のまま残ったのを見ても、いかにすばやかったかが分かる。

「もう一杯、アイス！」

と、友也が叫ぶ。

「私も！」

容子は、大きく息を吐き出して、「こんだけ捜しても見つかんないなんて……。友也、夢でも見たんじゃないの？」

「そんなことないよ」

「だって、全部の階段を調べたのよ。通路も、最低三回は同じ所を通ってるわ。これで分からないなんて……」

「だって、ちゃんと定期入れを拾ったんだぜ。階段が一つまるまる消えちゃうなんて考えられないよ」

「そうね……」

容子は大きな欠伸をした。「それにしても、ハイキングにしちゃ足が疲れたわ。やっぱり下が固いからなのね」

容子は靴を脱いで、足をのばした。

アイスコーヒーの二杯目が来た。

「ねえ、ちょっときいていいですか？」

と、容子は、学生アルバイトかと思える、その若いウエイトレスに言った。

「何を？」

「普通の人が使わないような階段ってどこかにありますか？　この駅の中で」

「階段？」

ウエイトレスはちょっと首をかしげて、「ああ、それじゃきっと作業用の階段じゃない？　こう――非常階段みたいなやつ？」

「いいえ」

と、友也は首を振って、「普通の階段です。ちゃんとした……」

「そんなの知らないわねえ」

とウエイトレスは言った。

友也はため息をついた。

「でも、そんなはずはない！　絶対にどこかにあるんだ」

「友也の夢でなきゃね」

容子は大分友也の話に不信の念を抱き始めているようである。

「ちぇっ！」

友也は面白くなさそうに表を見た。――表といったって、もちろんここは地下街だから、通路を見たのである。

「あれ？」

と友也は言った。「おい、ちょっとここにいろよ」

と、友也は急いで店を飛び出して行った。

「――迫田（さこた）さん！」

えらく早い足取りで歩いていた、涼しげなジャケットの男性が振り向いた。

「やっぱり迫田さんだ」

「やあ、友也君か」

「見違えちゃった。全然格好が違うんだもの！」

「そりゃもう学生じゃないからな」

迫田は、二年前、友也が中学一年のとき、家へ家庭教師に来ていた大学生である。友也とは妙に気が合って、勉強のほうはどっちかというと付け足しで、二人でナイターを見に行ったり、一緒にFMラジオを組み立てたりした。

今は迫田も社会人で、スマートな好青年である。

「ねえ、迫田さん、新聞記者なんでしょ？」

「駆け出しだけども」

「ちょっと聞いてほしい話があるんだけど、忙しい？」

「いや、構わないよ。どうせ今日は休みだもの」

「休みなの？　何だかえらく急いでるから、仕事かと思った」

迫田は笑って、

「記者はいつも急いでるから、ついくせになっちゃうんだ。——よし、聞いてやるよ」

「お願い！」

友也は、迫田を連れて店に戻った。

「友だちと一緒なんです。女の子」

と友也が言った。

「へえ。友也君のガールフレンドか。どこまで行ったんだい？　AかBかCか——」

「やだなあ」

友也は笑って、「そんなこと彼女に言わないで下さいね。ひっぱたかれちゃう」

「そんなに強いのかい」

「強いの何のって……ここに——あれ？」

友也はキョトンとして、空っぽのテーブルを見つめた。

「どうしたんだ？」

「いえ——ここにいたんだけどな。いいや。ともかく座ってましょう」

「でも、伝票も何もないぜ」

なるほど、テーブルの上は、きれいに片づけられているのだ。

ともかく、友也と迫田が座ると、ウエイトレスが水を持って来た。

「いらっしゃいませ」

さっきのウエイトレスとは違う。

「あの——ここに座ってた女の子、知りません？」

と、友也はきいた。

「女の子？——いつかしら？」

「つい、今。僕と一緒にこのテーブルにいたんだけど」

「だって、今入って来たんでしょ、あなたたち？」

「僕は少し前にこの席に女の子といたんですよ」

と、友也は説明した。「そしたら、この人が表を通ったんで、呼びに行ったんだ。

――ほんの二、三分だけど」

「そんなことないわ」

と、そのウエイトレスは笑って、「どこか店を間違えたんじゃないの？　私は昼からずっとここにいるのよ。あんた、今初めてよ、ここへ来たのは」

と言った。

友也は唖然とした。――違う店？　いや、そんなはずはない。ちゃんと店の名前も、飾りつけも覚えているのだ。それなのに……。

「おい、友也君、どうしたんだ？」

迫田はわけが分からない様子。

「いえ……。本当にここにいたんですよ、僕たち。東京駅の中をグルグル歩き回って、疲れちゃって、ここで息抜きしたんです」

「この駅の中を？」

「ええ。他の店だなんて、そんなこと――」

友也は、急いで店から外へ出てみた。

間違いない、この店だ。よく似た店がすぐそばに並んででもいるならともかく、見渡しても、この辺に喫茶店はこれ一軒しかないのである。

迫田も心配そうに出て来た。

「どうなってるんだい、友也君」

「こっちこそききたいですよ！」

友也は頭をかかえた。

「今、本当にこの店に君とガールフレンドが二人でいたんだね？」

「絶対です。いくら何だって、そんなこと間違えたりしませんよ」

「ふむ……」

迫田は左右を見回した。「あのウエイトレスは、まあ何か思い違いしてるとして、君の彼女は何も持ってなかったの？」

「いいえ、持ってました。ショルダーのバッグ」

「ふーん。じゃ、どうだい、こういうのは。君が僕を追って飛び出したあと、彼女はトイレに立った。でも、あとに誰もいなくなっちゃうから、支払いは済ませてしまった。ウエイトレスはテーブルを片づけてしまう……」

「でも、僕らを知らないって――」

「たまたまあのウエイトレスはいなかったのかもしれないよ。いつも客のほうばっかり見ているわけでもないしね」

迫田の説は、確かに一応妥当なところだろう。いや、それぐらいしか、説明のしようがない。

「ともかく、少し待っていようよ」

と迫田は言った。

「すみません」

「いや、構わないよ」

迫田は気軽にそう言った。

二人は店の表で、待つことにした。足の疲れ、などと言っていられない。

「じゃ、友也君、待ちながら、話を聞こうか」

「ええ……」

友也は、東京行きの電車の中で大和田倫子を見かけてあとをついて行ったことから始めて、ここまでの出来事を、一通り全部話した。

むろん、三十分近くも時間がかかったが、容子は戻って来なかった。

「ずいぶん不思議な出来事だねえ」

迫田は考え込んでいる。

「僕の話、でたらめだと思いますか？」

と、友也はきいた。

「いや、そんなことはないよ」

と迫田は即座に言った。「君のことは良く知ってるからね」

「ともかく――そんなわけで、容子と二人で来たんですけど」

友也は途方に暮れて、「容子、どこへ行っちゃったんだろうなあ」

とつぶやいた。

日曜日だから、通勤客の数は少ないはずだが、それでも、地下街は、ショッピングの客で、かなりにぎわっている。

「ここにいたまえ」

と迫田が言った。「僕が店内放送を頼んで来る。北川容子、だったね」

「そうです」

迫田が小走りに行ってしまうと、友也は、本当に心配になってきた。容子、どこへ行ったんだろう？

それにあのウエイトレスの話。――友也は、絶対に自分のほうが正しいという確信はあったが、それでも何となく、もしかすると僕がおかしいのかも……という気にさせられるのだ。

少しすると、

「お呼び出しを申し上げます」

というアナウンスが響いた。「北川容子様、北川容子様、いらっしゃいましたら、地階中央の案内所までお越し下さい……」

人の流れは、一向に、そんなアナウンスを気にとめてもいないようだった。

「すみません、こんな時間になっちゃって」

と、友也は言った。

「いや、いいんだよ」

迫田は微笑んでから、「しかし、その彼女が無事に帰ってるといいね」

と言った。

そろそろ暗くなりかかっている。まだ日は長いから、ずいぶん長い時間、あの地下街で粘っていたわけである。

しかし、ついに容子は戻って来なかったのだ。容子の家へ電話もしてみたのだが、誰も出ない。

「本当に、どこ行っちゃったんだろう」

と、友也はため息をついた。

二人は、家への道を歩いていた。

「じゃ、僕はここで」

と、迫田が手を上げて別れて行く。

この近くに住んでいるのだ。

「どうも」

と、友也は言った。

「東京駅の階段のことだけど」

と、迫田が振り返って、「何か分かったら、連絡してあげるからね」

と言って歩いて行く。

友也は少し元気づけられた。

家へ帰ると、妹の貴子が出て来て、

「お兄さん、容子さんの家から、電話がかかったよ。三回ぐらい」

「三回も？」

「そう。帰ったら、すぐ電話をくれって」

小学校六年生の貴子は、ノッポで、兄の友也とそう変わらないくらい身長がある。成績も大体いつも貴子のほうがいいので、友也としては兄の威厳(いげん)を保つのは楽ではなかった。

「容子からかかったのか？」

と友也がきく。

「ううん、お父さんだったみたい」

「親父(おやじ)さん？」

「そう。お兄さん、容子さんに変なことしたんじゃないの？」

「こいつ！」

友也は拳(こぶし)をふりかざして見せた。貴子は、笑いながら走って行ってしまった。

「親父さんからか」

と友也はつぶやいた。「やな予感がするなあ……」

友也は恐る恐る電話のダイヤルを回した。呼び出し音が鳴る。――なかなか電話に出ないのだ。

どうしたんだろう?

しばらく鳴らしっ放しにして、友也は受話器を置いた。

どうにも気になった。容子をこの一件に引っ張り込んだのは自分である。容子の身に万一のことがあったら……。

友也は玄関へ走った。

「おい!　ちょっと出て来るぞ!」

と貴子へ声をかけておいて、靴をはくのももどかしく表へと飛び出す。外はすっかり暗くなっていた。

同じ区立中学とはいえ、容子の家は、大分離れている。

自転車がイカレているので、友也は仕方なく歩いて行くことになった。急いで歩いても、二十分はかかる道のりである。

「今日はよく歩く日だよ、まったく!」

と、息を切らしながら、友也は言った。

やっと容子の家に着いたときには、びっしょりと汗をかいていた。

〈北川〉と表札のある大邸宅——というほどでもないが、友也の家よりはかなり豪華な造りである。

何しろ、ちゃんと門というものがある。友也の家のように、いきなり玄関というのとはわけが違うのだ。

友也は、門が開いたままになっているので、そのまま中へ入って行った。

玄関のチャイムを鳴らそうとするが、車の音がして、ライトが門の中へと差し込んでくる。

友也は何となくわきへさがって、車が入って来るのを、植え込みの陰に隠れて見ていた。

車はどっしりとした外国車で、前に容子に乗せてもらったことがある。

玄関が開いて、容子の母親が飛び出して来た。

「あなた、容子は？」

車から出て来た容子の父親が、

「大丈夫だ。心配するな」

と母親をなだめて、後ろのドアを開けた。

容子が降り立った。――友也はホッとした。ともかく、容子は元気そうに見えたからだ。

「さあ入って——」

母親が容子を抱きかかえるようにして家の中へ入って行く。

「電話はあったか？」

と、父親がきいた。

「中込さんからですか？　さあ——私も今戻って来たので……」

「まあいい。ともかく電話があっても、絶対に容子を出すな」

友也は、話を聞いてしまって、何となく出て行きにくくなった。どうやら父親のほうはおかんむりらしい。

父親が車へ戻って、駐車場のほうへ動かして行くと、友也は玄関のチャイムを鳴らしてみた。インターホンから、

「どちら様ですか？」

と母親の声がした。

「あの、中込ですけど、容子君に——」

母親はあわてたように、

「あの——ちょっと今はだめなんです。帰って下さい。ね、お願いだから」

と早口に言った。

わけが分からない。しかし、母親の口調はかなり切羽詰まったものがあった。

「昼間来て下さい、主人のいないときに！」

と母親が早口に言う。

「分かりました」

友也は、門へ向かって走った。父親が戻って来るのには幸い出くわさずに済んだ。

表の通りを少し行って振り向くと、門がガラガラと音を立てて閉じられるのが見えた。

「どうなってんだ？」

友也はつぶやいた。

4　容子の脱走

翌日、容子は学校を休んだ。

友也は気になって、担任の野口に、

「北川君、病気ですか」

ときいたが、

「知らん。何か父親が校長に会いに来てるとか言っとったぞ」

という返事だ。

「校長に？」

友也はちょっと青くなった。

「何だ、中込、お前何か身に覚えがあるのか？」

「そ、そんなことないですよ」

と、友也はあわてて逃げ出した。

いったい何だっていうんだろう？　父親が校長に会いに来るってのは、よほどのことだ。

そうか、すると父親は会社を休んでるんだろう。もっとも、容子の父親はどこかの社長なのだから、別に休むのに遠慮はいらないわけだが。

学校の帰り、友也は迷ったあげく、やはり気になって、容子の家の前にやって来た。

門は開いていて、友也は恐る恐る中へ入って行った。

玄関のインターホンで、

「中込友也ですが」

と言うと、すぐにドアが開いて――目の前に容子の父親が立っていた。

北川は大柄で、ただでさえ迫力がある。じっと友也を見下ろす感じになって、

「君か！　帰ってくれ！」

と、早口に言った。

「あの、容子君は――」

「容子は今度私立の女子校へ転校することになった」

「私立へ？」

「だから君ともう付き合ってはいられない。もう家へは顔を出さんでくれ。電話していただいても、容子は出ないからね」

「ちょっと話をさせて下さい。ほんのちょっとだけ――」

「だめだ！」

ドアがピシャリと閉じられた。

ガックリきた友也は、それでもあきらめ切れずに、北川邸の裏手へ回ってみた。塀は高いし、庭は広いので、建物はほんの天辺しか見えないのだが、それでも何とかして、容子の部屋をのぞいて見たかった。

容子の部屋は二階で、こっちへ面してベランダがついている。

「何か乗っかる物……」

友也はあたりを見回した。――少し狭い道なので、人通りは少ない。

「あれがいいや」

ゴミ容器の大きなポリバケツがあって、友也はそれをかかえて来ると、塀に寄せて置いた。

「倒れるなよ……」

よいしょ、とバケツの上に乗って、グラつくのを、うまくバランスを取りながら、

「おっとっと……」

塀の天辺に手をかける。幸い、泥棒よけのトゲなどはないので、けがの心配はなかったが、見つかれば取っ捕まるという心配は大いにある。

別に中へ忍び込もうというのではない。

塀の上から顔を出して、容子の部屋を眺められればそれでいいのだ。

「エイッ」

と、弾みをつけて、塀の上に頭を出すと——目の前にやはりニュッと出て来た顔がある。

「ワッ！」

と友也は仰天した。

「友也！」

何と、顔をつき合わせているのは容子である。「何やってんの？」

「い、いや……君が心配でさ」

「ちょうど良かった！　これからそっちへ飛び降りるからね」

「ええ？」

「いいから早くして！　下で受け止めてよ」

「だって――」

「つべこべ言うな！　見つかったら大変なんだから！」

友也は下へ飛び降りた。あわてて左右へ目を配る。幸い誰もいないが、いつ人が来るか分からないのだ。

見上げると、容子が塀をまたいでこっち側へ足をのばしている。スカートなので、下から見ると当然……。

「上を見ないで！」

と、容子が怒った。

「上を見ずに受け止めろったって、無理だよ」

と、友也は文句を言った。

「いくわよ。――ヤッ！」

ものみごとに、容子は友也の上へ落っこちて、二人は一緒になってひっくり返った。

「ああいてえ……」

「早く！　ここから離れなきゃ！」

容子は平気なもので、立ち上がると友也の手を引いて駆け出した。

「おい！――待てよ！　おい！」

友也はすっ転びそうになりながら、一緒になって走り出す……。

「ここは？」

友也は、古びた日本家屋の前に立って、言った。

「前に住んでた家なの」

「へえ！」

今は鉄筋コンクリートの邸宅だが、この家は完全な木造で、しかし広さは結構ある。

「ここに四、五歳までいたのよね」

容子は、鍵を出して、玄関の格子戸(こうしど)を開けた。「さ、どうぞ」

「――今は誰も住んでないの？　もったいないな」

「うちの親がトシ取ったら住みたいって言ってるの。だから月に一度はお手伝いさんが掃除してるわ。結構きれいでしょ」

「うん……」

　上がり込んでキョロキョロと見回す。

「さあ、奥へ入って。明かりをつけるわけにいかないけど……」

奥まった部屋に入ると、容子はペタンと座り込んだ。

「ねえ、容子。どうなってんだい？」

「待ってよ。息が切れて……。それにお腹空いちゃった」

「こんな所、食べるもんなんて置いてないぜ」

「そうね。あとで何か食べに出よう」

容子は一息つくと、「私がいなくなって、びっくりしたでしょ」

「当たり前さ」

「問題はあの店なのよ」

「店？――あの喫茶店のこと？」

「そう。あのとき、私、ウエイトレスに階段のことをきいたでしょ？　そのあと、友也が出て行った。そしたらね、ウエイトレスが水を取り換えに来たの。そのときは注意しなかったけど、どうも違うウエイトレスだったみたいね」

「きっとあとで君のことを知らないと言った奴だな」

「何しろ喉渇いてたし、グイと一口飲んだの。そしたら急にめまいがして――」

「薬が入ってたのか」

「そうらしいわね。それきりダウン。何も分かんなくなっちゃったの」

「――それから？」

「気がついたときは日比谷公園のベンチの上よ」

「日比谷公園？」

「もう暗くなってて、お巡りさんに起こされたの。薬のせいか、何だかわけの分かんないこと言ってたら、交番へ連れて行かれて、学生証で、家へ電話をかけられたの。

――しばらくして、パパが迎えに来たわ」

「ふーん。妙なことばっかりだなあ」

「ところが、パパの様子がおかしいのよ」

「おかしいって？」

「そう。私に急に私立へ転校しろと言い出したの。今までパパは子供は公立へやるって主義だったのにね」

「理由を言わないの？」

「いくらきいても、『お前のためだ』って言うだけ」

容子は肩をすくめて、「冗談じゃないわってタンカ切ってさ、で、こうやって家出して来たわけ」

「あっさり言うけど、どうすんだ、これから。すぐここにも捜しに来るかもしれないぞ」

「大丈夫。ここはかえって身近すぎて思いつかないわよ」

「そうかい？」

「ねえ、ともかくお腹空いちゃった。何か買って来てくれない？」

「何かって……。僕もそんなに金ないぜ」

「いいわよ、ハンバーガーとコーラくらいで。暗くなったら、自分で出て行くから。今は下手に出ると誰かと出くわす心配があるでしょ」

「人使い、荒いんだから……」

と言いながら、友也はその家を出て、ひとっ走り、立ち食いのハンバーガーショップへ行って、ハンバーガー二個とコーラを買って戻った。

容子はペロリとハンバーガーを二個とも平らげて、

「私、しばらくここにいるわ。友也、毎日来てくれる?」

「どうすんのさ?」

「パパが折れるまで頑張る!」

何しろ、容子は頑固なのである。

「大和田倫子のほうはどうするんだ?」

「あ、そうか。忘れてた」

この辺の呑気さが、お姫様らしいところかもしれない。

「薬飲ませて追っ払うぐらいだもの、あの店にはかなりの秘密があるのね、きっと」

「調べに行くったって、顔知られてるしなあ」

「そこでくじけちゃだめよ!」

「その階段ってのがどこにあるか分かりゃ……」

「どこかにあるのよ」

と、容子が言った。「必ずどこかに……」

そしてコーラを一気に飲み干した。

友也が家へ帰ると、意外な客が来ていた。

「やあ友也君」

迫田記者である。友也の母は、むろん東京駅での出来事など知らない。

「先生もすっかり社会人で」

などとお世辞を言っている。

「どうだ？　何か分からないところがあったら、教えてやろうか？」

「お願いします」

と、友也は言った。

二階の部屋へ上がると、迫田はドアを閉めて、

「どうした、昨日の女の子？」

ときいた。

友也が事情を話すと、迫田は苦笑して、

「ずいぶん強い子なんだな。友也君は引きずられてるんだろう」

とからかった。

「迫田さん――」

「分かった分かった。そうにらむなよ。実は、面白い話を聞き込んだんだ」

「面白い話？」

「うん。どうやら、君の幽霊騒ぎにも関係ありそうでね」

「聞かせて下さい」

友也は身を乗り出した。

「今日、社会部の古手の記者としゃべってたんだが、そのとき、たまたま東京駅の話になってね――」

「まったくややこしくなったよ、あの駅も」

いつも酔っ払ったような赤ら顔の記者は、沢井といった。もう記者生活二十年のベテランである。

アル中みたいとからかわれるくせに、本人はまるで酒が飲めないのだから、面白い。

「地下ができてからはね」

と、迫田が言うと、

「地下の駅なんて、薄気味悪いぜ。そう思わないか？　地下鉄なら分かる。しかし、ちゃんと地上を走ってる電車の駅を地下何階も下に造るってのは自然の原理に反してる、まったく！」

「あれだけの駅になると、いろいろなドラマがあるでしょうね」

と迫田が言った。「そんなルポ記事も面白そうだな」

「とっくにやってるさ」

と、沢井は言って、お茶を飲んだ。

「幽霊でも出るって話がありゃ、記事になりますがね」

「幽霊か？」

沢井は、何やら、ちょっと意味ありげに迫田を見ると、「――出るって噂なんだ」

と声を少し低くした。

「本当ですか？」

と、迫田のほうも声を低くする。

別に声を低くする必要は全然ないのだ。何しろ、ガランとした社会部の部屋の中でしゃべっているのだから。

「このところ、ときどき聞くよ」

と沢井は続けて、「夜中の東京駅に、ちょくちょく幽霊が出るってな」

「浮浪者とか、そんなんじゃないんですか？」

「いや、これは俺の良く知ってる、古手の駅員の話なんだ。夜中に地下を歩いてると、どこかから足音がするというんだ」

「自分の足音が反響してるんじゃ？」

「違う。止まっても、向こうは止まらないという。何度もその足音を追いかけて捜したらしいんだが、一度も見つけられないということだった」

「妙な話ですねえ」

迫田は、わざとさり気なく、「きっと東京駅の地下に秘密の通路でもあるんじゃないですか？」

と言ってみた。

急に沢井が真顔になって、

「おい、どこでそんな話を聞いた？」

と、ほとんど問い詰めるような口調で言った。

「え？　いえ、勝手な想像ですよ」

と迫田は笑ってみせて、「それとも本当にあるんですか？」

ときいてみた。

「知るもんか！」

と、沢井は言って席を立った。

迫田は、沢井の後ろ姿を見送って、

「妙だな」

　とつぶやいた。

　しばらくすると、沢井が戻って来た。

「おい迫田」

「はあ」

「ちょっと来てくれ。話があるんだ」

「分かりました」

　沢井は迫田を近くのホテルへ連れて行った。ロビーのソファに座ると、

「こういう所は見通しがきいていい」

　と沢井は言った。「秘密の話をするには向いてるんだ」

「何です、いったい?」

「うん……」

　沢井は迫田を眺めて、「これは俺一人の胸にしまい込んでおくつもりだった。しかし、このところ俺も疲れやすくなってな、いつコロッといくかもしれん」

「まさか」

　と迫田は笑った。

「いや、本当だ。俺は心臓が悪いんだよ。――それはともかく、やっぱり、この話は誰かに教えておきたい。ずっとそう思ってはいたんだが、何しろ話せるような相手がいないんでな。ためらっていたんだ」

沢井はじっと、迫田を見つめた。「しかし、お前は記者根性がある。お前なら話しても大丈夫だと思ったんだ」

「何の話です？」

「幽霊さ」

沢井はそう言って、ニヤリと笑った。「さっき言った、東京駅の幽霊のことだ」

「何かあるんですね？」

「東京駅の地下には、誰も知らない部屋がある」

「そんなことが――」

「いや、事実なんだ。もちろん俺も行ったことはない。しかし、確かに存在してるんだ」

「――何の部屋なんです？」

「部屋というよりも、大きな隠れ家とでもいうかな」

「誰が隠れるんです？」

「死人だ」

沢井の言い方はひどくあっさりしていて、かえって迫田はゾッとした。

「死人が隠れるなんて……。墓地みたいなものなんですか？」

「それは分からん。――想像でしかないが、きっと、世間的には死んだことになっている人間たちが住んでるんじゃないかな」

「どういう意味です？」

「つまり、たとえば君が車にはねられたとする。そして救急車で運ばれ、一命を取り止めるかどうか、スレスレの段階だとしたら……」

沢井はタバコに火をつけた。「その時点で、選択がおこなわれる」

「選択？」

「よほど高度の手術をすれば助かるかもしれない。だが死んでも、不思議ではない。――そこで、世間的には、死んだことにして、実際は生かしておくことができるかどうか、だ」

「さっぱり分かりませんが……」

「世間的に死んだことにするには、まず代わりの死体が必要だ。別の死体とすりかえて、見破られる危険があるか。――特殊な傷あと、身体の大きな特徴。そういったものがなくて、たとえば火事での焼死体のように、見ても見分けがつかない死体であっても不思議でないような状況かどうかも、問題になる。両親、家族、社会的な立場、年齢……。あらゆる点で検討されて、ＯＫとなると最高レベルの手術で命は助けられる」

沢井の話し方は、とても想像で言っているという感じではなかった。

「そして、どうなるんです？」

と、迫田はきいた。

沢井は、ちょっとしゃべりすぎたとでもいうように、口をつぐんだ。そして、首を振ると、

「そこまでは知らんよ」

と言った。「ただ、そんな噂を、チラリと耳にしたことがあるんだ。――死んだはずの人間が、実際は生きている、という話をね」

「何のためにそんなことをやるんでしょうね」

「さあ……」

沢井は肩をすくめて、「そこまでは知らないほうがいい。ともかく、それを君に伝えておきたかったんだ」

と言うと、立ち上がって、

「じゃ、俺はここから帰るよ」

「もうお帰りですか？」

「うん、今日はちょっと心臓の具合があまり良くない」

「大丈夫ですか？　病院へ行っちゃどうです？」

「なあに。家へ帰って寝てりゃ治るさ」

沢井はニヤリと笑ってみせると、ゆっくりした足取りで、ロビーを出て行った。

5　東京行き終電車

「妙な話ですね」

と、友也は言った。

「うん、しかし、死んだはずの人間が生きているという点は、君の見た、その大和田倫子って子の件とピッタリするだろう」

「それにあの子はバイクで車と正面衝突したんです。たぶん死体は……」

「別の人間のものでも分からなかっただろうな」

と迫田はうなずいた。

「でも何のために……」

「分からんが、それだけのことをやるには、相当に大きな力が必要だ。一流の医者、技術者、それにスタッフも少なからずいるだろうね」

「何だか、えらいことに首、突っ込んじまったみたい」

友也はため息をついた。

「そこなんだ」

迫田は真顔で言った。

「え？」

「君や君のガールフレンドがあれこれとかぎ回るには相手が大き過ぎるということだ。現に、あの喫茶店で、君の彼女はあっさり眠らされて他の場所へ運ばれている」

迫田は、ゆっくりとうなずいて、「おそらく——そう、それは警告じゃないのかな。その気になれば、どこへだって連れて行けただろうが、わざと公園に置いていった。それは、もう二度と近づくなという意味だろう」

友也は考え込んで、

「——どうしたらいいのかなあ」

と首を振った。

「僕は新聞記者だからね。この件を追いかけてみたい。裏に何かありそうな気がする。しかし君たちは学生だ。まあ、何もかも忘れるほうが無難だね」

友也としては、異存なかった。危ない目にあうのはあんまり好きでないのだ。問題は、危ない真似の大好きな容子である。容子が、納得するかどうか……。

「じゃ、またそのうちに」

と、迫田は、いつもの気さくな笑顔を見せて帰って行った。

「やれやれ……」

友也は欠伸をして、ベッドにゴロリと横になった。――東京駅の地下に、秘密の部屋か。

本当に何だか冒険小説か漫画の世界だなあ。

しかし、迫田が言うのだから、まんざらでたらめでもないのだろう。世の中には、一般の人が誰も知らないようなことが、いくらもあるのかもしれない……。

「――友也」

と、母の声がした。

「なんだい？」

「電話よ」

友也が階下へ降りて行くと、母が心配そうに言った。

「お前、容子さんに何かしたんじゃないだろうね」

「どうして？」

「容子さんのお父さんが、えらく怖い声を出してたよ」

「やだなあ、変なこと言わないでよ」

何かするなら容子のほうだよ、と友也は言いたかった。

「はい、中込です」

「君か。――容子はどこにいる？」

「僕は……知りませんけど、お宅にいないんですか？」

とぼけ方は堂に入っている。宿題を忘れたときなどに、クラス中で、

「そんな宿題ありませんでしたよ」

と全員がとぼけてみせたりするのだ。

「いなくなったんだ」

北川は怒りを押し殺しているような声だった。「もし君の所へ連絡が入ったら……」

「お宅へ帰るように言います」

「帰りたくないのならそれでもいい。ともかく無事かどうか電話しろと言ってくれ」

何だかずいぶん弱気だ。

「分かりました」

と言って、友也は電話を切った。

何となく妙である。あんなに高飛車に、友也を追い返し、容子を転校させるとまで決めたのに、どうして急に弱気になったんだろう？

ともかく、これからどうするのか、だ。

明日の朝、容子の隠れ家に寄って、これまでのことをよく話して、例の一件は忘れさせなきゃ。——そのほうが秘密の階段を見つけるより、よっぽどむずかしいかもな、と友也は思った。

翌日、学校を出ようとすると、

「おい！　あんた！」

と、女の声がした。

「——何だ、あれ？」

と一緒にいた同級生が目を丸くした。

バイクが音をたててやって来る。――あの、アリスという女の子だった。

「やあ」

と、友也に声をかけ、「真っ直ぐ帰んの?」

ときいた。

「ちょっと用があるんだ」

「こっちもよ。ちょっと付き合って」

「ええ? だけど――」

「例の話よ。倫子のことでさ」

そう言われると、やはり関係ないとは言ってられない。

「OK。じゃ、行くよ」

「後ろに乗んなよ」

「ええ? やだよ!」

「じゃ走ってついて来る?」

仕方ない。友也は肩をすくめて、バイクの後ろにまたがった。先生に見つかったら大変だ!

アッという間にバイクは学校から離れて、ちょっとした公園に乗り入れて停まった。

池の前のベンチに腰をおろすと、アリスは、楽しそうに笑った。

「菅野（すがの）アリサっていうんだ、私の名前」

「アリサか。きれいな名前じゃないか」

「あんたもてるでしょ。優しいもんね、女の子に」

「そんなことないよ」

と、友也は咳払（せきばら）いした。「で、何だよ、話って」

「倫子のこと。どうして調べてんの？　気になってね」

「それは――」

と言いかけて、友也はためらった。

いざ話をするとなれば、最初から何もかも話さなきゃいけなくなる。それに、何だか得体の知れないこんな女の子に話すわけにはいかない。

「ちょっと話せない事情があるんだ」

と友也は言った。

「そう」

とアリス――いや、菅野アリサは言った。

「じゃ、会いたくない？」

「誰に?」

「倫子によ」

友也は、危うくベンチから落っこちそうになった。

「変な冗談よせよ」

とアリサをにらむ。

「あら、本気よ」

「だって——死んだんじゃないのか?」

「これ見てよ」

アリサは、ジャンパーのポケットから、何やら、折りたたんだ紙を出した。

「手紙かい?」

「そう。——読んでみて」

友也が開くと、整った、きれいな字で、

〈アリサ。びっくりしないで。会いたいの。明日の夜、東京行きの終電車に乗って。

倫子〉

「簡単な手紙だね。どこにあったの?」

「バイクよ。ディスコの前に停めといてね、出て来たら、ミラーに挟んであったってわけ」

「彼女の字かい？」

アリサは肩をすくめた。

「誰かが真似て書いたのかもしれないけど、よく似ちゃいるわね」

友也はもう一度手紙を見直して、

「――行くのかい？」

「どうせヒマだからね」

とアリサは笑った。

「明日の夜ってことは……」

「今夜ってことよ。どうする？」

友也は考え込んだ。首を突っ込むなと迫田に注意されたばかりだ。

しかし、これを黙ってたら、あとで容子が怒るだろうな。いや、怒るぐらいじゃ済まないかもしれない。――どっちにしても、危険には変わりないか。

だが、終電車とくると、家を出るのが大変だ。誰か友だちの家に泊まることにしよう。もちろん話は合わせとかなきゃならないが。

「ＯＫ。一緒に行くよ」

「そう。良かった。一人じゃ面白くないもんね。二人のほうが楽しいわ」

「三人じゃまずいかな」

「あの子も来るの？」

アリサは、ちょっと冷やかすように笑った。

「あの子がついていてくれないと心細いの？」

「違うよ！」

友也はムッとして言った。「よし、じゃ一人で行く。女の子が一緒じゃ、かえってうるさいものな」

「無理しちゃって」

アリサはタバコを出して、「一本吸う？」

と友也へ差し出した。

「うん」

ヒョイと一本抜いてくわえると、アリサがライターで火をつける。友也はむせ返って、目を白黒させた。

アリサが吹き出した。

吉祥寺の駅のホームで、友也は、東京行きの最終電車が来るのを待っていた。

倫子の家がここだったので、ここから乗ることにしたのである。

アリサは電車に乗って来るはずだった。

逆の下り電車は、終電近くなると、かえって酔っ払いなどで割合席が埋まっているが、上り電車は客の数など、数えるほどであった。

「東京行き、上り最終電車が参ります」

と、アナウンスがあった。

どこかの酔っ払いが、ベンチで寝転がって眠ってしまっている。

友也はホームに立って近づいて来るライトを見ていた。

アリサは乗って来るかな。――見かけはグレているが、気のいい娘らしかった。たぶん、リーダーらしい、頼りにされるところがあって、だからこそ倫子も、彼女に会いたいと言っているのではないだろうか。

電車がゆっくりホームへ入って来た。通り過ぎて行く窓をずっと見ていると、アリサが手を振っているのが目に入った。扉が開くと、中へ入って、車両を通り抜けて行く。

「やあ」

「来ないかと思ったわ」

と、アリサは相変わらずのジーパン姿で言った。

「何言ってんだい。――どこにいればいいかな」

「分かんないけど、真ん中へんにいりゃ、いいんじゃない？」

「そうしようか」

ガラ空きの車両で、二人はゆったりと腰をおろした。

車両の中には、ポツン、ポツンと数えるほどの客しかいない。ほとんどが居眠りしていた。

「みんなくたびれてんだな」

と、友也は言った。

「そうね。大人って可哀そうだね。あんなにしてまで働かなきゃなんないなんて」

「俺も大人になるのか。――いやだなあ」

と友也は言って、欠伸をした。

ほとんど降りる客も乗る客もなく、電車は東京駅へと近づいて行った。

「――乗って来ないね」

と友也は言った。「これで結局すっぽかされたら、どうするんだい？」

「知らないわよ。ベンチででも寝りゃいいじゃない」

と、アリサは大して気にもしていない様子である。

御茶ノ水、神田……。倫子らしい少女の姿は、ホームにも電車の中にも見当たらなかった。

「仕方ないや。終点で待ってんのかな」

と、友也は立ち上がりながら言った。

「降りてみましょ」

東京駅のホームへ、電車はゆっくりと入って行く。もう、ほとんど人影はなかった。

友也とアリサは、ホームへ出ると、降りて来る客を一人一人見ていった。眠り込んでいて、起こされる者もある。

「いないわね」

と、アリサは首を振った。「しょうがないや。ちょっと待ってみようか」

「うん……」

友也は、空っぽのホームを見渡した。あんまりいつまでも突っ立ってると、駅員に何か言われそうだ。

「――ねえ！」

アリサが、急に声をこわばらせて言った。「倫子だわ！」

「え？」

友也が振り向く。

ずっと離れた階段の降り口の所に、白のブラウス、紺のスカートの彼女が立っていた。間違いない。あのときの少女だ。

「倫子だわ……本当だ」

と、アリサも、さすがに目を見張って唖然としている。

大和田倫子は、じっと二人のほうを、微笑みながら見つめていた。

どれぐらい、二人は倫子を見て立っていたのだろう。——ふっと倫子の姿が消えて、やっと我に返った。

「階段を降りた！」

「行こうよ」

とアリサが促した。

二人が階段を降りかけたとき、倫子は、すでに階段を降り切って通路のほうへ姿を消すところだった。

「早く早く」

と、アリサがせかす。

友也は飛ぶように階段を駆け降りた。

「――あっちだ！」

通路を、倫子の姿が小さくなって行く。

二人は走った。――もう人影の消えた通路に足音が響く。

倫子のほうも走っているのか……いや、そうは見えないのだが、一向に倫子との間はせばまってこないのである。

友也は息を弾ませていた。アリサも話しかける余裕もないらしい。ただ一心に倫子の姿を見失わないように急ぐだけだ。

改札口には、駅員の姿はなかった。倫子がそこを抜けて――。

「あれ？」

「倫子は？」

と友也は言った。

「いないじゃないか。変だな、こっちへ確かに――」

「しっ！」

と、アリサがさえぎった。「足音が……」

コツコツという足音が、どこからか響いてくるのだ。

「どこだろう？」

「あっちじゃない？」

人影のない駅の構内というのは、あまり気持ちいいものではない。しかし、今はそんなことを言ってはいられなかった。

二人は、響いてくる足音のほうへと、大体のカンで歩いて行った。

「変だね、音はすれども、だ」

と、友也はキョロキョロと見回す。

「ねえ、ちょっと」

と、アリサが突っつく。

「何だよ？」

「変だと思わない」

「何が？」

「あの売店よ」

どこの駅にもある、キオスクの売店が、ポツンと壁際にあった。

「どこがおかしいんだ？」

「だって、こんな時間よ。もうとっくにシャッターを閉めてるはずだわ」

「なるほど……」

その売店は、人の姿はなかったが、明かりもついたままだったのだ。

「のぞいてみよう」

近づいてみると、あの足音が、かなりはっきりと聞こえてきた。

「見て！」

と、アリサが声をあげた。

売店の中、ちょうど売り子が座るあたりに、ポッカリと穴があった。大きな蓋を取りはずしたという感じで、真四角なその穴は楽に大人が出入りできる幅がある。

足音は、そこから響いてくるのだった。

「——どうする？」

と、友也は言った。

「ここでやめるわけにいかないでしょ！」

「そりゃまあ、ね……」

迫田の話を聞いている友也としては、やめたいわけはあったのだが、まさかここでアリサ一人に、

「勝手にやれよ」

と言うわけにもいかない。

仕方なく、友也は穴をのぞき込んだ。

「はしごみたいなのがかかってる。下は明るいぜ」

「じゃ、早く行って！　どんどん倫子が遠くへ行っちゃうわよ！」

アリサにせがまれ、友也は、気が進まないままに、仕方なく、そのはしごを降りて行った……。

6　空き家の死体

あの階段だ。

友也は、降りながら、そう思った。もちろんこの前入ったのは、あんなはしごからではないが、おそらく、途中からこの階段へとつながる通路があったのだろう。

「こんな所に階段があるなんて――」

アリサは、降りながら、あきれたように言った。

もちろん、友也のほうは知っている。しかし、今、アリサに説明している時間はない。

「足音は？」

「大丈夫。まだ聞こえてる」

と友也は言った。

「ずいぶん深いわ」

と、アリサは、少し落ち着かない様子である。「どこへ出るのかしら？」

「さあね」

やっと、下へ着いた。この前のとおり、人の姿のない通路がのびている。

「足音が消えたわ」

「ともかく行こう。この通路しかないんだから」

二人は通路を進んで行った。

あの、前に倫子が姿を消した場所が近づいて来ると、友也は少し足を緩めた。

その角から、ヒョイと倫子が出て来た。

「キャッ！」

アリサが叫び声をあげて、足を止める。「……倫子！　ああびっくりした」

もう、距離は、数メートルしかなかった。

「倫子、生きてたのね！」

倫子は、友也のほうを見た。

「僕を覚えてる？」

と友也は言った。「朝、階段で君が転びそうになったとき、つかまえてあげた……」

「覚えてるわ」

と、倫子は言った。

倫子の声を聞いて、またアリサはギョッとしたようだった。今までは、幻か何かかもしれないという気持ちも残っていたのだろう。

「倫子、ここで何してるの？　ここはどこ？」

と、アリサがきく。

「言えないわ、まだ」

と、倫子は首を振った。

「どうして？　なぜ死んだことにしたの？」

「死んだのよ、私は」

と、倫子が言うと、アリサは、ちょっと青ざめた。幽霊かと思ったのだろう。

「アリサ、あなたはいい友だちだったから、ここを一度見ておいてほしかったの」

「ここを？」

「そう。——そのうち、きっと役に立つ日がくるから」

「どういう意味よ？」

「いずれあなたにも分かる日がくるわ」

倫子は、ちょっと謎めいた言い方で、ふっと笑った。そしてまたあの角を曲がって姿を消してしまった。

「待って！　倫子！」

アリサが飛び出す。友也もすぐに続いた。

——だが、この前のときと同じだった。もう倫子の姿はどこにもなかったのである。


「——ああ、もう朝だ」

ホームのベンチで、アリサが大アクビをした。

「何だよ。眠いの？　夜あかしは慣れてんだろ」

「冗談じゃないわ。こちとら、それほどワルくなってないのよ。眠るだけは、ちゃんといつも——アーァ」

とまた大アクビ。

「そろそろ始発が出るよ」

「でもさ、どうなってんだろうね。こんな東京駅のど真ん中に、あんな秘密の通路みたいなもんがあるなんて……」

「うん……。ねえ、アリサ」

「何よ。気味悪い声出さないでよ」

「気味悪い声で悪かったな」

と、友也はプーッとむくれた。

「そうすねないの。何なの?」

「君も知ってたほうがいいと思うんだ。ここまできたら」

「話してよ」

「うん」

友也は、この一件との、そもそものかかわり合いから話を始めた。——そして、迫田が、沢井という先輩記者から聞いた話も、詳しく説明した。

「いやねえ、まるで冒険小説じゃないの」

と、アリサはふてくされた顔で、「私たち、ウルトラマンじゃないのよ」

「僕に言っても仕方ないよ」

「陰謀(いんぼう)か。国家の機密とか、そんなものに関係してるのかしら？」

「沢井って人の話が本当ならね」

と友也は言った。「——ねえ、聞いたことないかい、国会議事堂の地下鉄の駅があんなに深いのは、核戦争のとき、シェルターに使うつもりだからだって」

「ああ、知ってるわ。噂でしょ、でも」

そう言ってから、アリサは友也を見て、「じゃ、ここもそうだっていうの？」

「分からないよ。ただ、ふっとそんな話を連想したんだ」

「それと倫子が生き返ったことと、どうつながるの？」

友也は首を振って、何も言わなかった。

——やがて、始発電車がホームに入って来て、どこかで夜を明かしたらしいサラリーマンの姿も、チラホラと目につくようになった。

「今日の学校はきついなあ」

と、友也は目をこすりながら立ち上がった。

正に、きついどころではなかった。

学校で、友也はコックリコックリやって、何度も注意された。一日がこんなに長いと思ったことはない。

授業が終わったときは、体中で息をついた。それでも現金なもので、教室を出ると急に目が覚めて、頭がすっきりしてくる。

そうだ。容子が隠れている家へ寄って行こう。何か差し入れでも持ってくかな。

友也は商店街まで出ると、クレープをいくつか買って、容子がいる空き家へと向かった。

「おーい」

玄関の戸をガラリと開けて、「いないのかい？——容子」

「ここだったのか」

突然、後ろで声がして、友也は飛び上がった。

「あ、あの——」

立っていたのは北川だった。

「やっぱり嘘をついてたんだな」

北川は、友也をぐっとにらんだ。「学校からあとをつけて来たんだ」

「はあ……」

畜生(ちくしょう)、やっぱり、ちょっとボケてたのかなあ。——ともかく見つかってしまっては仕方ない。

「ここにいたとはね。考えつかなかったよ」

北川は苦々しく笑って、「こういう点は頭がいい。さあ、上がるぞ」

「はあ」

仕方なく、友也は上がり込んだ。

「容子はどこだ？」

「たぶん奥の部屋に……」

友也は奥のほうへと入って行った。「おーい、容子。出て来いよ」

「私をだまそうったって、そうはいかんぞ」

と北川が言った。

「子供を信用して下さい」

「信用して逃げられたのだ」

それもそうだ。――友也はフスマをガラリと開けた。

「容子――」

友也はギョッとして足を止めた。

ガランとした部屋の、畳の上に、男が一人、大の字になって倒れていた。

「何だ、これは?」

北川が啞然として言った。

「分かりませんよ。――容子!」

返事はない。北川が、倒れている男のほうへかがみ込んだ。

「死んでるぞ」

「ええ? でも……見たことのない人だけど……」

北川は、男のポケットを探った。

「――身分証明書だ。――新聞記者だな。沢井信男とある」

「沢井……」

迫田が言っていた、あの記者ではないか。なぜここで死んでいるのか?

「あれを見たまえ」

と北川は言った。

紙コップが一つ、転がっていて、中味が畳にこぼれて、すっかりしみ込んでしまっている。そのそばにコーラの空き缶。

「あれを飲んで死んだんでしょうか?」

「私に分かるわけがあるまい」

北川は、さすがに年の功というか、やや青ざめてはいたが、落ち着き払っている。

「警察へ連絡しましょうか」

「うむ……」

北川はちょっと考えてから、「その前に、まず容子を捜すんだ。この家の中にいるかどうか」

「はい」

二人で、やたらだだっ広い家の中を捜し回ったが、容子の姿はなかった。

「よし」

北川は友也を促して玄関から外へ出ながら、

「いいかね、私は少し間を置いて、一一〇番する。ここに男の死体があるということだけ告げて名前は言わない。——ここは私の持ち家だから、あれこれきかれるかもしれんが、私は何も知らないことにするからね」

「はい」

「君はここにいて、もし容子がどこか外から戻って来るのを見たら、中へ入らないように止めるんだ」

「分かりました」

要するに北川としては、容子を事件に巻き込みたくないのだ。父親として当然の心理かもしれないが。

「警官に見とがめられないようにしろよ。それから、もし容子と会ったら――」

と、北川はじっと友也を見つめて、「一緒に家に来るんだ。いいね？」

と言った。友也としては、コックリとうなずく他はなかった。

友也は、北川が行ってしまうと、少し離れた所から、あの空き家を眺めた。――沢井がなぜあそこにいたのだろう？　なぜ死んだのか？

殺されたのか。それとも、迫田の言っていた心臓の発作だろうか？

そうだ。これを迫田へ連絡しなくてはならない。ともかく、警察が来るのを待って……。

十五分ほどたって、パトカーの音が近づいて来た。警官たちが、空き家へ入って行くのを見ていると、肩にヒョイと手が触れて、友也は仰天した。

振り向くと、紙袋をかかえた容子が立っている。

「容子！」

「どうしたの？　あの警官、何しに来たの？」

「どこへ行ってたんだ？」

「買物よ。いろいろと必要なものがあるでしょ」

「呑気だなあ」

「私を逮捕しに来たの？」

「殺人容疑かもだ。——さ、行こう。今説明するよ」

友也は、容子を促して、空き家をあとにした。


やはり迫田は社にはいなかった。

新聞記者がそんなに会社でのんびりしているはずもない。それならば、沢井の死も、わざわざ友也が連絡しなくても、当然迫田の耳に入るだろう。

電話を切って席へ戻ると、容子はのんびりとクリームソーダをなめている。これで太らないのだから、得な体質だ。

「いったい何があったの！」

と、容子はふくれっつらで、「早く話してよ」

「君の隠れてた部屋で——」

と言いかけて、友也は、ちょっと喫茶店の中を見回した。「あの沢井さんが死んでたんだ」

「えっ！」

容子は目を丸くした。友也の説明を聞くと、

「そう、いったいどうしたのかしら」

とため息をつく。

「それからね、実は昨日、また大和田倫子に会ったんだ」

と、友也は言った。

友也が昨夜の出来事を話してやると、容子は案の定、ますますふくれて、

「私をのけ者にして！　じゃ、あのアリサって娘と、一夜を共にしたのね！」

と、かみつきそうな声を出した。

「共にしたっていっても、ベンチで始発電車を待ってただけだぜ」

「共にしたには違いないじゃないの」

「そりゃまあそうだけど……」

「そのつもりならいいわよ。私にだって考えがあるからね」

「な、何だよ」

「これから考えるわ」

容子は立ち上がると、買物の袋をかかえて、さっさと店を出て行く。

「おい、容子！　待てよ！」

友也はあわててあとを追おうとしたが、何しろ喫茶店である。伝票があり、会計があるので、金を払わなければならない。

店員がのんびりやって来て、千円札を出した友也がジリジリしているのも気にかけず、

「ええと……クリームソーダが三百五十円、と……」

のんびりレジを叩いて、「あら、間違っちゃった」

なんてやっている。

「おつりはいいよ！」

と、飛び出し――たかったが、何しろ千円札はそうたくさん持ち合わせがない。

イライラしながら、やっとつりをもらって、店を飛び出したときは、もう容子の姿はとっくにどこかへ消えてしまっていた。

7　巨大な計画

「また出まかせではないんだろうね」

北川はジロリと友也をにらんだ。

「いえ本当です！　今度は本当に知らないんです。彼女、またどこかへ消えちゃったんです」

友也は、「今度こそは本当です！」

と強調した。

「そうか」

北川は肩をすくめて、「まあ信じよう。——まったく困った奴だ！」

と言うと、

「かけたまえ」

とソファを指した。

「はあ……」

友也は、恐る恐る、ソファに腰をおろした。

北川家の居間は、友也の家などに比べれば、およそ信じがたいほどの広さがあって、友也など、もうその雰囲気だけでのまれてしまう。

北川は自分で豪華な洋酒のびんが並ぶ棚へ行くと、グラスにウイスキーを注いだ。

「君はまだ飲めないな、残念ながら」

とグラスを手に言った。

「ええ。ビールなら少し飲んだことがありますけど」

「早く大人になりたくて、無理にアルコールをやる。そんな頃が一番幸せだよ」

北川は、ちょっとひきつるような笑いを見せて、「本当に大人になると、アルコールでもなきゃ、やり切れんから飲む。そうなりゃみじめなもんだ」

と、独り言のように言った。

友也が黙っていると、北川はグラス半分ほど飲んで、友也と向き合って座った。

「いったい何があったんだね？　容子は何に首を突っ込んでるんだ？」

と北川はきいた。

「それは……」

北川に話してよいものかどうか、友也は迷った。

「何をきいても、容子の奴はしゃべろうとせん。一度はね、君が原因かと思ったよ」

「僕がですか？」

「そうだ。女の子が突然公園でフラフラしているのを補導されてみたまえ。親としては、まずボーイフレンドを疑ってかかるのが当然じゃないか」

「つまり……何か悪いことをやってるという……」

「麻薬とか覚醒剤とかね」

「まさか！」

「しかし、一応は心配になった。だから転校させようかとも思ったんだ。——だが、そんなことをしていれば、必ず、普段の生活態度などに現れるだろう。容子の場合は、まったくそんなことがない。塀を乗り越えて逃げ出すなどというのも、いかにも容子らしい。だから原因は別にある、と私は考えたんだ」

北川の話は友也にもよく理解できた。

「まあ、私も容子が多少無鉄砲ではあるが、けっして悪に走るような子ではないと信じているから、何をやろうと放っておいてもいい。しかし、ああして死体が出るということになると……」

北川は首を振った。「容子が死体になるようなことだけは避けたい。君も容子の友だちなら、そう思うだろう」

「ええ」

「じゃ、話してくれないか。——君と容子がかかわり合っているのは、どんな事件なんだね」

北川の言い方は高圧的でもなく、穏やかで、説得力があった。——しかし、友也としては考えざるをえない。

迫田から、この話は誰にもするなと言われていたし、それにアリサに話してしまったことも、今では多少後悔していたのである。

どうしたものか、考え込んでから、友也は、もう一度迫田へ電話をしようと思った。

北川の居間の電話を借りてかけると、うまく迫田がつかまった。

「沢井さんがね。——うん、知ってる」

「それで実はお話が……」

友也が事情を説明すると、

「分かった。僕がそこへ伺おう」

と、迫田はすぐに言った。

三十分ほどたって、迫田がやって来た。

自己紹介したあと、迫田は、

「沢井さんの死は自然死だったようです」

と言った。「正確なところは検死解剖(かいぼう)を待たなくては、分かりませんが、今のところ少なくとも他殺の証拠は出ていません」

「なるほど。——一つ安心したよ」

と北川は言った。迫田には好感を持ったようだ。

「君の口から話を聞かせてもらえないかね」

北川の言葉に、迫田はうなずいた。

「お話しします」

「私を信用してくれている、ということかな？」

「そのとおりです。ああ——つまり、ここへ伺う前に、若干調査をさせていただきましたので」

「なるほど」

北川はちょっと笑って、「いや、新聞記者はそうでなくてはいかん。気に入ったよ」

と言った。

迫田は、友也の体験を手ぎわよくまとめて聞かせ、それに、沢井がもらした話を詳しく付け加えた。

北川はしばらく考え込んでいたが、やがて大きく一つ息をつくと、

「信じられんような話だね」

と、言った。「こういう状況の下で聞いたのでなかったら、一笑に付すところだが」

「もちろん、沢井さんの話が、どこから聞き込んできたものなのか、どの程度信頼で

きるものなのかは不明です。しかし、この中込君や、お宅のお嬢さんの体験から考えて、あの東京駅の地下で、何かが起こっていることは事実のようです」

「君の想像では？」

「僕のですか？　さあ、とても見当がつきませんが――」

「そういう顔ではないぞ」

迫田は苦笑して、

「まるでＳＦだと笑われるかもしれませんが……」

「構わん。世の中は信じがたいようなことが起きるものだ」

友也は、ちょっと口を出してみたくなった。何といっても、事の起こりは自分から始まったのだ。

「あの――もしかして核シェルターか何かじゃないでしょうか」

迫田は目を見開いて、友也を見た。

「いや、驚いたな！　僕もそう言おうと思っていたんだ」

友也は、ちょっと得意になった。

「それならＳＦの発想でも何でもない」

と、北川は言った。「いかにもありそうな話だ」

「笑い飛ばされなくてホッとしました」

と迫田は言った。「僕は、その地下の秘密の場所は、おそらく、中込君の言う核シェルターか、それとも大地震に備えての避難場所ではないかと思うんです」

大地震か。それもあったな、と友也はうなずいた。

「だが、それと、死んだはずの人間が実は生きているという奇怪な事実と、どう関係するのかね？」

と、北川はきいた。

「そこは僕も考えました。——それでこんな仮説を立ててみたんですが」

と迫田は、いつしか前へのり出すようにして話していた。「もし、それが、来るべき核戦争や大地震という、巨大災害に備えて、作られたものだとすると……。これは恐ろしい想像ですが、政府——といっても、ごく一部の人々でしょうが、彼らには、その日が分かっているのではないか、と思うのです。正確にではなくても、大体、何か月先とか、一年先とか。——もしそうだとすると、いわばその対策として、戸籍上は死んだ人々を、実はひそかにあの場所へ集めているのだと考えられませんか」

「もう少し具体的に」

「分かりました。たとえば、何月何日に、核兵器による攻撃があると分かっていたとする。しかし、それを国民に公表できるでしょうか？」

「無理だろうな。大パニックになる」

「国民全部を収容するほどのシェルターを掘っている時間はありません。だから、シェルターがあること自体も隠さなくてはならないでしょう」

「当然、そこへ人々が殺到するからな」

「そうです。すると、いざ、その日になって、そこへ入れるのは、ごく限られた一部の人々です。政府の要人、その家族……」

ずるいや、そんなの、と友也は思った。

「しかし、彼らだけが生きのびても、どうにもなりません。地上へ出ても安全になるまでの長い時間、地下で生活していかなくてはならない。あらゆる職業の人、そして年代の人も必要です。特に若い人々が」

「子孫を残していかねばならんからな」

「そうです。では、そういう人間をどこで選ぶか。そして、どうやってその場所へ連れて来るか。――まさか、実際に生活しているのを誘拐してくるわけにはいきません」

「捜査の手がのびて、真相が明らかになるかもしれん」

「そうなると、一度死んだ人間はどうだろう、ということになります。つまり、瀕死の重傷を負ったり、大病で死にかけているが、そのまま死なせるには惜しい人間」

「彼らを助けておいて、世間的には、死んだと思わせておくんだな」

「そうです。それなら、死んだはずなのですから、誰も捜しにも来ないし、安全です」

迫田は、ちょっと言葉を切ってから、続けた。「——毎日毎日、事故で何百人もの人間が死んでいます。その中から、何とか助けられそうな者を選び出し、さらに、生かしておく価値があるかどうかを判断しているのではないでしょうか」

「すると、すでに何十人か何百人かの、そういう〈死人〉がいるかもしれん、というのだね？」

「どうもしゃべりながら、自分でも、こんな馬鹿なことが、と思うんですが、そう考えると、筋もとおるような気がして……」

「いや、立派な推論だよ」と、北川は言った。「もちろん、それが正しいかどうかは別だが、充分に一考に値する考えだと思う」

「ありがとうございます」

迫田は、ちょっと緊張がほぐれた様子で、微笑んだ。

「でも、もしそれが本当なら」

と友也が言った。「大変ですよ。どうするんですか?」

「僕は新聞記者だからね」

「書くんですか?」

「いや、まだ書くことはできない。何の裏付けもない想像に過ぎないからね。しかし、これが事実だと分かれば……」

「書くかね」

と、北川がきいた。

「どうすべきだと思われますか」

と、迫田がきき返す。「——書けば大パニックになるかもしれない。しかし、書くことで、何らかの別の道が開けるかもしれません」

「それはむずかしいところだな」

と北川はうなずいた。

「ともかく、僕はこの問題の真相を突き止めるつもりです」

「それは賛成だよ」

「その上で……決めます」

と、迫田は言った。

友也は、何だか、こんな大変な話を、こうして居間で話しているのが、とても現実だとは思えなかった。

こんな話は、ホワイトハウスの会議室とか、首相官邸の奥まった一室とかで交わすべきもので、友也のような中学生が居合わせる席には、どうにも似つかわしくない。

「その沢井という死んだ記者だが」

と、北川は言った。「うちの容子のところへ、なぜ現れたんだろう？」

「分かりません」

と、迫田は首を振った。「しかし、ともかく容子さんは、あの秘密に接近しつつあった。そして沢井さんも別のどこかから、その情報を仕入れていた。きっと、容子さんのことも沢井さんは調べていたんじゃないでしょうか」

「沢井という記者が、どこから情報を聞いていたか、心当たりはないかね」

と、北川がきいた。

迫田は首をひねって、

「記者はニュースソースを明かしませんし、きかないのが礼儀ですからね」

「それはそうだ」

「ああ、待って下さい」

と、迫田は言った。「そういえば……。いや実は沢井さんがその話をしてくれたとき、手帳を落としていきましてね。記者にとっちゃ手帳は大切ですから、急いで拾って渡したんですけどね、そのとき、たまたま開いていたページに、神山という名があったんです」

「神山？」

「そうです。首相の秘書をやっている神山和男ですよ」

「神山か……。その男なら――」

と北川が言いかけて言葉を切る。

「ご存じですか？」

「ああ。――いや、もちろん名前だけだよ」

「もしかすると、あの辺から出た話かもしれませんね。どう思われます？」

「考えられるね」

「当たってみようかな。しかし――僕がいきなりそんな話をぶつけても否定されれば終わりですしね」

「そうだ。それに、君がその件を調べていることを知られたら、君が口を封じられるかもしれん」

友也がびっくりして、

「迫田さんが殺されるかもしれないってことですか?」

「いや、そうとは限らない」

と北川は言った。「記者の口を封じるには、何も殺さなくてもいい。上のほうへ圧力をかけて、配置換えで、他の部に回してしまえばいいんだ。それとも支局へ転勤させることもできる」

「そうなったら終わりですね」

と、迫田はうなずいて、「充分慎重に行動しますよ」

「それがいい。私もできる限り、力になりたい」

「ありがとうございます」

と、迫田は頭を下げた。

「さて……容子の奴、どこへ行ったのか……」

と、北川は、渋い顔でつぶやいた。

友也は家へ帰ると、部屋へ上がっていった。

「――貴子、お母さんは？」

階段ですれ違った妹へきく。

「お出かけよ」

「ふーん。お前も出かけるのか？」

「ちょっとね」

貴子は、友也のほうへウインクしてみせた。友也は笑って、

「馬鹿、何やってんだよ」

とからかうように言った。

貴子の奴も、もう小学校六年だもんな。俺が小学校のときよりぐっと大人っぽくて、ませてやがる！

部屋へ入ると、机に向かって――勉強するのではむろんなく、まずラジカセのスイッチを入れて、ＦＭを流す。

「しかしなあ……」

とつぶやくように、独り言。「もうこの世が滅びちゃうんじゃ、勉強しても仕方ないや。思い切り遊んでやるかな」

「賛成」

「サンキュー」

と言って、「――おい！」

目を丸くして振り返ると、友也のベッドの下から、容子が顔だけ出して笑っている。

「容子！」

「貴子ちゃんが入れてくれたのよ」

「それであいつ、出かけたのか……」

気のきかせすぎだ、まったく！

「おい、出て来いよ」

「うん」

スルスルと這い出して来ると、「ねえ、この世が滅びるって何の話？」

「え？――ああ、それは……」

「うちのお父さんと話して来たの？」

「うん、心配してるぞ」

「そりゃ親だもの」

と、アッサリ言って、「で、何か言ってた？」

「うん……」

友也がためらっていると、

「また私に隠れてこっそり何かやる気ね！」

と容子が、ぐっと詰め寄ってくる。

「分かったよ！　しゃべるから……」

と、友也はあわてて言った。

「そう。素直にそう言えばいいのよ」

まったくもう、威張（いば）ってんだから！

友也が、迫田の考えをくり返して話してやると、容子はじっと聞き入っていたが、

「——何だかとてつもない話になってきたわね！」

と言った。

「でも、どうだい？　そう考えりゃ、ピッタリくるじゃないか」

「そりゃまあそうだけど……。あんまり希望にあふれた考えともいえないわね」

友也も容子の言葉に同感だった。

8　容子、気分が変わる

「君の親父さん、あっちこっち顔が広いんだろ？　どこかで調べてくれんじゃないかなあ」

と友也は、容子が買ってきたクッキーを頬張りながら言った。

「そうねえ……」

容子は首をかしげた。「ま、うちのお父さんは、もとからそんなこと、よく気にしてたのよね」

「そんなことって？」

「ほら、核戦争のときはどこへ隠れようとかさ。私なんか、死ぬときゃ死ぬのよ、なんて言ってるけど、本気じゃないわけよ。いざとなったら、うろたえてさ、助けて助けて、って叫び回るんじゃないかな」

「そりゃ、誰だって死ぬの怖いよなあ」

「うちのお父さんは、ほら由緒ある家柄でしょ。だからかえって死ぬの怖いのね。何かこう——自分のような人間は、生きのびるべきだって信念があるわけ」

「へえ」

「私に言わせりゃ、人類滅亡のときにうちのお父さん生き残っても、あんまり役に立たないと思うんだけどね」

「ひどいなあ」

と友也は思わず笑い出した。

「だって、お父さんは釘一本打てやしないし、カップラーメンだって作れないし、およそロビンソン・クルーソーみたいな生命力なんて縁がないの」

「育ちがいいとそうなるんだろうな」

「だから、そんなときには、可哀そうだけど真っ先に犠牲になるわ、きっと」

容子は呑気に言って缶のジュースをぐいっと飲んだ。

「でも、そういう偉い人って、結構コネで生きのびんじゃない？」

「そんなに偉くないわよ。それほどならまた別だけども。——自分でも、その辺、承知してるから、この前なんか、ほらドイツ製の核シェルターが売り出されたでしょ」

「ああ、何千万円かするやつだろ」

「あれを本気で買おうかなんて言い出してね。だけどうちの家族だけ生き残っても、他が焼け野原じゃ何にもならないわ。そう思わない？」

「一緒に死んじゃわなくても、あとで死ぬだろうね」

「お母さんと私がさんざん文句言ったもんだから、お父さん、渋々やめたけどね。

——そんな迫田さんの話聞いたら、きっとまた気が気でなくなるわ」

「悪かったなあ、そりゃ。でも、本気で情報を集めてくれるかもしれないぜ」

「今ごろかけ回ってるかもね」

と、容子は笑って、「私のこと忘れててくれりゃいいけど」

と付け加えた。

「君、今夜はどうするんだ?」

「どうするって?」

「つまり……もうあの空き家には戻れないだろ。家へ帰る?」

「いやよ。核シェルターへ押し込められちゃかなわない」

「どこか泊まるあてあんのか?」

「ここ」

「え?」

「泊めてよ。ベッドの下でいいからさ」

友也は目を丸くした。

「おい！　冗談じゃないよ、もしお袋に見つかったら――」

「結婚しますって言えば？」

友也が何か言いかけたとき、階下でチャイムの鳴るのが聞こえた。

「あ、誰か来た」

「お父さんなら、いないって言ってね」

友也は、急いで階段を降りていった。

「はい」

玄関のドアを開けると、思いがけない人間が立っていた。

大和田倫子の父親である。

「大和田だけど……」

「ど、どうも……」

友也はあわてて頭を下げた。「あの……どうぞ」

「じゃ、ちょっと失礼」

大和田を居間へ通して、友也は、

「あの、今誰もいないもんで――」

「いや、いいんだ。実は、この間のことを謝りたくてね」

「この間のこと？」

「君があの定期入れを、何か下心があって届けて来たんじゃないか、というようなことを言ったので、あとになって気になってね。家内にも怒られてしまって……」

「いいんです、そんなこと」

「いや、本当にわざわざ親切に届けてくれたのにね」

と大和田は言って、「まあ許してくれたまえ」

と頭を下げる。

「困りますよ、そんな」

と友也が言っていると、

「どうも先日は」

と、容子が入って来た。お茶をのせた盆を運んで来るのには、友也も唖然とした。

「やあ、君もいたのか。いやこの間は申しわけなかったね」

「いいんです。――でも、本当のことを教えて下さい」

「本当のこと？」

「倫子さんの……。本当はどんなお子さんだったのか」

と、容子もソファに座り込む。

「うん……。倫子はね、いい娘だったよ。しかしあんなふうに、自殺か事故かも分からないような死に方をしたのをみても、察しはつくと思うが、あの頃は荒れていてね」

「男の子のことで？」

「うん。——どう見ても、倫子のためには遠ざけたほうがいい男だった。私としては、良かれと思ってやったことだが……」

「その辺のこと、アリサって人から聞きました」

「ああ、じゃあの子を知ってるんだね？　あれはなかなかいい娘だ。女房などはスタイルを見ただけで目を回しそうだったが、リーダー格になるだけでも、やはりちょっと違う」

「倫子さんに対しても、少しやり方を考えるべきだったんじゃありませんか」

友也はハラハラしていた。容子は、ときどきこうして、「お姫さま気質（かたぎ）」とでもいうのか、年上の人間に対して、教えさとすような言い方をすることがあるのだ。言われたほうはあまり面白くあるまい。

「私もそう思ってるよ」

しかし、大和田はいたって素直にそう言った。「倫子はしっかり者だった。あの子の性格を考えれば、あんなやり方で、男を引き離すべきではなかったな」

「それで倫子さんはオートバイを飛ばして……」

「そう……。あの子の遺体は、ほとんど見分けがつかないぐらいだった。女房などは今でも、もしかしたら、あれは別人で——などと考えているようだよ」

大和田は、ちょっと寂しげに笑った。

「大和田さんは、そうお考えにはならなかったんですか?」

と、容子が言った。

おいおい、何を言い出すんだよ、と友也は容子を見たが、容子のほうは一向に気にしない様子だ。

「私かね? そりゃ、生きててくれたら、どんなに嬉しいかと思うよ。しかし、かかりつけだった歯医者さんが確認してくれてね。それでは疑いようがない」

大和田は、ふと思い出したように、「そうだ。——あの定期入れの件なんだがね、あれを棺の中へ入れた記憶があって……」

あれがどうしても私には分からない。思い違いかとも考えてみたが、はっきり、あれを棺の中へ入れた記憶があって……」

「倫子さんが落としたんだとしたら?」

「そんなことが——」

「お葬式のあとにです」

大和田はポカンとして容子を眺めていた。

「おい容子――」

と、友也が言いかけるのを、

「いいから！」

と、容子は押さえて、「実は大和田さん、私たち、倫子さんを見たんです。それもつい最近」

「何だって？」

大和田は愕然とした。

知らないぞ。もう！　友也は頭をかかえてため息をついた。

「――ここですか？」

と容子がきいた。

「そう。この歯医者だ」

かなり繁盛している歯医者らしい。建物も立派だった。

「入ろうか」

大和田が決然たる足取りで入って行く。

「おい、容子、こんなことして——」

と、友也が低い声で言うと、

「いいのよ！　私に任せて」

と容子が退ける。

友也は肩をすくめた。どうにでもなれ、だ！

中へ入ると、大和田が大声で、

「先生に話がある！　大和田が来たと伝えてくれ！」

と怒鳴っていた。

順番を待っている患者たちがびっくりしていた。看護婦が青くなって、

「あの——先生は治療中で——」

「うるさい！」

大和田はズカズカと奥へ入って行く。

「な、何です、いったい！」

「娘の死体を確認したとき、なぜ嘘をついたんだ！」

「何ですって？　そんな——」

「娘は生きていたぞ！　この野郎、誰に頼まれた！」

ドタドタッと音がしたと思うと、白衣姿の歯医者が転がり出て来た。大和田が追いかけて来て、胸ぐらをつかんで引っ張り上げる。

「こいつ！　しゃべらないと、その歯を全部、入れ歯にさせてやるぞ！」

ドシン、と壁に押しつける。

容子が見とれて、

「迫力！」

とつぶやいた。

「ま、待ってくれ……」

歯医者は目を白黒させて、「しゃべる！　しゃべるよ……。金を……もらったんだ……」

「何だと？　金をもらって、全然別の死体をうちの娘だと証言したのか！」

「す、すまん……。この家を建てて……借金がかさんでいて……」

「頼んだのは誰だ？」

「知らない！　本当だ！――見たことのない男だった。現金を見せて、『こっちの注文どおりにしゃべってくれりゃ、これをそっくりやる』と言われた。それだけだよ

「……」

「それだけだと？」

大和田が歯医者を思い切り奥のほうへと投げ飛ばした。歯医者はみごとにゴロゴロと転がって、やがてドシン、ガチャンという音だけが響いてきた。

「保険で治すんだな」

大和田は言って、「さあ出よう」

と、二人を促した。

「――君たちのおかげだよ」

外へ出ると、大和田が言った。「しかし、倫子はなぜ帰って来ないんだろう？」

「さあ。何かよほどの事情があるんじゃないでしょうか」

と容子が言った。

「君たちが倫子を見たというのは、どの辺かね？」

「東京駅です」

「東京駅……。そうか、あの定期券も東京駅だったな」

「かなり夜遅くでした」

と、容子は言って、「ね、中込君？」

と友也を見る。

「え？——ああ——うん、まあね」

「夜中か。よし、今夜、私は東京駅へ行ってみるぞ」

と大和田は言った。

「そうですか。私たちも心強いわ！」

友也がキョトンとして容子を見る。

「ねえ、そうでしょ、中込君？」

勝手にしろ、と友也はそっぽを向いた。

「君たちも行ってくれるか？　そいつはありがたい」

大和田はうなずいて、「しかし女房の奴には黙ってなくてはならんな。取り乱すといけない」

「ついでに奥様には急な出張だとでもおっしゃっておいたほうがいいかもしれませんよ」

と容子が言った。

では、今夜十一時に、ということになって、大和田と別れてから、

「おい、容子、どうするんだ？　あんなにベラベラしゃべっちゃって」

「まずかった？」

「迫田さんにも断らないでさ……」

「いいじゃないの。私たちは私たちなりに、解決へと迫れば。──さて、帰るかな」

「どこへ？」

「家へよ」

「家へ？　だけど、さっきは帰らないって──」

「さっきはさっき、今は今よ」

友也は、もう何が何だか分からなくなってきた。

「それとも……ねえ、友也」

と容子はニッコリ笑って、「泊まってほしい？」

「結構だよ」

と、友也は言い返した。「それで──出て来られんのかい、君？」

「今夜？　ああ、大丈夫よ。お父さんとじっくり話し込んで説得するから」

何だかえらく風向きが変わっている。

「それじゃ、バイバイ。あ、どこで待ってる？」

「じゃあ……東京駅のホームへ行くよ」

「OK。十一時ね」

何だか容子は楽しげにスキップなどしながら、歩いて行った。

見送った友也は、ふと、「女心と秋の空」などという古くさい文句を思い出していた……。

9　幽霊の帰宅

「なあに、こんな時間に出かけるの？」

母親がジロリと友也をにらんだ。

「うん……。ちょっと用があるんだ。そんなに遅くならないからさ」

「中学生のくせに夜遊びなんて！――誰とどこへ行くの？」

「あの――迫田さんだよ。記者の取材ってのはどうやるのか、とかいろいろ教えてくれることになっててね」

「迫田先生？　本当なの？」

子供が信用できないのかなあ、と、でたらめを言っておきながら、友也は勝手なことを考えた。

「――お兄ちゃん、電話」

と貴子が顔を出した。「迫田先生よ」

グッドタイミングだ！　友也は電話へ飛びついた。

「あ、迫田さん？　友也です。今家を出ますから」

「え？」

向こうはキョトンとしている。そりゃそうだろう。

「だから十一時には東京駅へ着きます。大丈夫ですから」

「十一時に東京駅？」

「ええ、遅れません、大丈夫ですよ。学校じゃないから遅刻はしません、ハハハ……。じゃ、向こうで」

友也は電話を切ると、「――じゃ、出かけて来るよ」

と母親へ声をかけた。

「迫田先生によろしくね」

母親は安心した様子だった。――迫田は母親には信用があるのだ。

友也は急いで出て行った。

貴子はテレビを見ていた。ニュースをやっている。母親が入って来ると、

「ねえ、この人、ほら迫田先生の知ってた記者の人でしょ」

「ああ、何だか亡くなったっていう人ね」

「うん。――ほら、心臓発作と見られていたけど、解剖の結果、心臓発作を誘発する薬を飲まされてたんですって」

「まあ、それじゃ……」

「殺されたのよ、この人」

と貴子は言った。


大和田は十時少し過ぎに、もう東京駅に着いていた。

気ばかりせいて、どこかで時間をつぶしている気にもなれなかったのである。

帰宅してからも、興奮を隠しきれずに歩き回ったりしていたので、妻がけげんな顔で見ていた。

そこで早々に急の出張命令だと言って、出てきたのである。

それでもこうして一時間近くも前にやって来てしまった。死んだと思った娘が生きているらしいと分かれば、誰だって落ち着かなくなるだろう。

もっとも、過大な期待を抱くのは禁物だ、と大和田は自分へ言い聞かせた。

必ずしも今夜、ここへ倫子が現れるとは限らないのだ。しかし、たとえ一パーセントの可能性でもあれば……。

時間はのろのろと過ぎていった。

ベンチに腰をおろして、電車が来るたびに、客の中に倫子の姿がないかとキョロキョロ見回した。

十一時が近づくにつれ、落ち着かなくなった大和田は、立ち上がって、ホームをウロウロと歩き出した。

あの少年と少女はまだ来ない。いや、まだ十分あるのだ。来なくて当たり前だ。

「落ち着け、落ち着け……」

と自分へ言い聞かせる。

電車が一本入って来た。あれに乗ってるかな。——大和田はホームの端(はし)のほうへと少し進み出た。

ふと、誰かが後ろに立ったのを感じて、大和田は振り向いた。知らない男が立っていた。

「大和田さんですね」

「ええそうですが」

電車がゴーッと低い唸り声を立てて、ホームを滑って来る。

「あなたは？」

男が、いきなり大和田を突き飛ばした。大和田はひとたまりもなくホームから線路へ——電車の直前へ落ちた。

ブレーキが鳴る。男は同時に駆け出していた。

「やれやれ……」

友也は、十一時を十五分も過ぎて、やっと東京駅へやって来た。

本来なら、ちゃんと間に合う時間に、電車に乗ったのである。

ところが途中で、「人身事故のため」とかで、電車がストップしてしまったのだ。

あとはノロノロ運転で、やっとこ到着というわけである。ホームへ出ると、反対側のホームに何やら人だかりがしている。

大和田さんはどこだろう？　友也が見回していると、

「友也！」

と呼ぶ声がした。

容子が走って来る。

「やあ、遅れてごめん。何か事故があったって――」

「大和田さんよ」

と容子は言った。

「本当かい？」

友也は思わずきき返した。「どうしたんだ？」

「誰かが電車の前に突き落としたの。運転手が見ていたわ」

「そんな……」

友也はつぶやくように、「で、どうなの、大和田さんは？」

容子は肩をすくめて、

「分からないわ。そうしつこくもきけないし」

と言った。

「でも……誰が……」

「ともかく、ここで待つのよ」

「待つって？」

「犯人は当然、私たちが来ることを知ってるはずだわ。だから犯人が出て来るのを待つの」

「来るかな」

「来るわよ。――必ず」

容子はそう言って、厳しい目で、ホームを見渡した。

「今は来ないだろう。これだけ人がいちゃ」

「そうね。静かになったら……」

「なぜ大和田さんが……」

「倫子さんに会われちゃまずいからでしょうね」

「でも殺さなくたっていいじゃないか！」

「犯人にきいてよ」

と容子は言った。

そろそろ、片づけ始めているらしい。ホームに集まっていた人々も散り始めた。

十一時半を回っている。

それにしても――と、友也は考えた。その犯人は、なぜ大和田さんがここへ来ることを知っていたんだろう？

偶然見かけただけとは思えない。

「ねえ容子」

「なに？」

「ここへ十一時に来るってこと、誰かにしゃべった？」

「いいえ。お父さんは出かけてるしね」

「そうか……。でも犯人はどうして――」

「友也は？　言わなかった？」

「言うもんか！」

と、友也は言った。

「ほら、ホームが空になるわよ」

と、容子は声をひそめた。

時間は過ぎていった。そして、終電車が入って来る……。

「あれが最後だ」

「倫子さんがこの間出て来たのは、どっちの階段？」

と容子がきいた。

「あっちだよ」

「その階段のほうへ行きましょう」

と容子が促した。

容子と友也は、その階段を真上から見下ろした。終電車が入って、何人かの客が降りて行く。

それが途切れると、もう人の姿はなくなった。——友也と容子は、手すり越しに、階段を見下ろしていた。

「来ないぞ」

「もう少し待つのよ」

と、容子は言った。

友也は、微かな足音が背後に近づくのを聞き取った。

ハッと振り向く。コートにソフト帽、サングラスとマスクで顔を隠した男が目の前に立っていた。

「誰だ！」

と友也が叫ぶ。

男の手がのびて、容子の体を突き飛ばした。

「キャーッ！」

手すり越しに容子の姿が消える。

「容子！」

と友也が青くなった。

容子は手すりにぶら下がっていた。下の階段まで、四、五メートルはある。

男の手が友也の首へのびてきた。友也もすばしっこい点では人に負けない。エイッとばかり男の手にかみついた。

「ウーッ！」

と男が呻いて、手を引っ込めた。

かなりきいたらしい。男はかまれた手を押さえて逃げ出した。

「容子！　しっかりしろ」

「もうだめ！」

手すりがコンクリートなので、しっかりつかんでいられないのだ。ズルッと滑って、友也が手を伸ばしたときは、容子の体は真っ直ぐに落下していた。

「キャッ！」

と容子が叫ぶ。

容子の下へ、大和田倫子が駆けて来た。ほんの一瞬の出来事だった。容子が落ちる——倫子が現れる——倫子が容子を受け止める。二人して階段に転倒した。

友也は手すりを回って階段を駆け降りた。

「大丈夫か！」

「私は何とか……」

と、容子が腰を押さえながら起き上がる。

「大丈夫です」

倫子も、頭を振って起き上がった。

「倫子さん！　あなたのお父さんが――」

「え？　父が……」

倫子はハッとした。「父が来たんですか？」

「電車の前に突き落とされたのよ！」

倫子が青ざめた。

「それで――」

「突き落としたのが誰か、あなたには分かってるでしょ？　お父さんにあなたと会われちゃまずいと、お父さんを殺そうとしたのよ」

「ああ！――まさか！」

倫子はよろめいて、両手で顔をおおった。

「おい容子……」

と友也は言った。「分かってんのか、犯人が？」

「当たり前よ。今、突き落とされそうになって、まだ分からないの？」

「だって――」

あの体つき、あの呻き声……。まさか！　友也は愕然とした。

「そうだ。あの人には言ったんだ。十一時に東京駅、と……」

倫子が、突然走り出した。通路へ降りると、そのまま突っ走って行く。

「追いかけるのよ！」

と、容子が叫んだ。

「おい、待て！」

と、友也は叫んで駆け出した。

友也と容子が改札口を飛び出したとき、倫子は、あのコート姿の男と、もみ合っていた。

「はなせ！」

「この人殺し！」

と倫子がしがみつく。

倫子の手で、男の帽子が。つづいて、マスクとサングラスが落ちた。――現れたのは、迫田の顔だった。

「畜生！」

迫田が倫子を突き飛ばして駆け出す。

「倫子さん、しっかりして！」

と容子が駆け寄った。

「あの男が――」

「大丈夫。逃げられやしないわ。それにお父さんも危機一髪で無事だったのよ」

「本当に？」

倫子の顔が輝いた。

「倫子！」

と声がした。大和田が、腕に包帯をして、走って来る。

「お父さん！」

倫子が飛び上がって、父親のほうへと駆け寄った。

一方、友也のほうは、ガランとした、駅の構内を、迫田を追っかけて走っていた。

しかし、中学生の足ではとても追いつけない。そのとき――。

「何だ？」

と友也は思わず言った。

駅の構内へ、オートバイが五、六台乗り入れて来て、迫田の行く手を塞（ふさ）いだ。

「アリサだ！」

と友也は言った。

オートバイが構内に爆音を響かせて、いっせいに迫田へ向かって突っ走った。迫田があわてて向きを変える。

だが、いくら走ってもオートバイにかなうはずもない。たちまち取り囲まれて、右往左往しているところへ、どこにいたのか、警官が何人も飛び込んで来た。

迫田は力尽きたように、その場に座り込んでしまった……。

「幕切れは派手でいいでしょ」

いつの間にか、容子が友也の横に立っていた。

「君が……」

「そうよ。連絡しといたの。アリサにも、一役買ってもらったほうが公平だと思ったしね」

と容子は言った。

「まったく、奇想天外なアイデアを考え出したものね」

と、容子は言った。

「何だかよく分からないよ」

友也は一人でむくれている。いつも容子のほうが説明する立場なのだ。

ここは大和田の家である。倫子が戻ったので、母親のほうはまだ嬉しさで呆然としている。父親がせっせと、お茶の用意をしていた。

「記者という仕事をしていたから、迫田はいろいろと珍しい話を聞く機会があったわけね。それで、あの東京駅に今は全然使われていない階段と、地下の通路があることを知った。それと、倫子さんを、たまたま助けたことの二つを、迫田はうまく結びつけたわけね」

「私、オートバイごとぶつかって死ぬつもりだったの」

と倫子は言った。「でも、空中へはね飛ばされて、それこそ嘘みたいな話だけど、迫田の車の中へ落っこちたんです。オープンタイプのスポーツカーだったから」

「で、彼はあなたを介抱した。あなたも彼に心をひかれてたんでしょう？　優しそうな男だものね。そしてたまたま身元の分からない女の死体があなたのものらしい、と言われているのを知って、死んだことにしてしまうことで、両親へ仕返ししてやりたかったんでしょう?」

「ずっとそのままにしておくつもりはなかったんです。命を助けてくれた迫田に頼まれたし、その計画が終わるまでは、と……。そのあとで、記憶を失っていたとか言って帰るつもりでした。——今思うと、ずいぶんひどいことをしたものだと……」

「でも、迫田も、よくあんな独創的な計画を考えついたものね」

「もともと、首相秘書の神山っていうのと親しくて、二人で何かひともうけしようと思ってたようです」

「じゃ、核シェルターの話は神山が考え出したのかしら?」

「たぶん、そうだと思います」

「どこかにそういう場所が実在すると思わせて、核戦争が真近いと匂わせる。普段からそういう話に神経質になっている金持ちに、その話を信用させて、そこへ入れるようにしてやるといって、巨額の金を巻き上げる、という寸法ね」

「一人、五千万と言ってました」

「じゃ、あの話は、全部でたらめ?」

と友也は目を見張って言った。

「もちろんよ。沢井って人から聞いたというのも嘘。何もかもでっちあげだったのよ」

「あきれたな！」

「私、どうにもその話が信じられなくってね、特にお父さんに迫田がけんめいに説明していたとあなたが言ったんで、ピンときたの。うちのお父さんなら、まず簡単に引っかかるに決まってるもの」

「じゃ、連中の目標は君のお父さんだったのか！」

「そうよ。だって、首相秘書の神山と父は親しいの。だから神山も、まず手始めに父を狙ったんだわ」

と容子は言った。「でも、直接そんな話を持ちかけても、まず信用されないに決まっている。そこでまず娘の私が、ごく自然にそれを発見するように導いていったのね」

「すると僕が倫子さんを追いかけて、あの通路を見つけるように、筋書ができてたのかい？」

「そうです」

と倫子がうなずく。「迫田が、たまたま容子さんの友だちであるあなたのことをよく知っていたので、利用できるだろう、と言ったんです。おたくを訪ねようとして、あなたがお母さんに用を頼まれるのを耳にしたらしいですね。私に、同じ電車へ乗れと言って……。私を見たら、必ずあなたが私について来る、と……」

「参ったな！」

と友也は言った。まるで僕が馬鹿みたいじゃないか！

「以前使っていた定期入れとそっくりの物を落としておいたんです。あなたが私の家へ届けてくれると分かっていましたから。そしてあなたが、その話を容子さんへ聞かせるに違いない、と……」

「で、私もそういう話は大好きだから、必ずのってくる、ってね」

と容子は笑って言った。「あの喫茶店の一件も、わざと表を迫田が通りかかって、友也をおびき出し、その間に私を眠らせる。――いかにも大きな組織が重大な秘密を守っているかのように思わせたのよ」

「でも、ウエイトレスは？」

「神山が、あなたと迫田が話している間に、店のウエイトレスの子にお金をやって、しばらく交代させたんです。確か神山が親しくしている女だったと思います」

「あれにはびっくりしたものなあ」

「でも予定と違ったのは、容子さんが、なかなかお父さんへ話をしないことだったたんです。迫田も、容子さんの性格をよく分からなかったんですね。それでアリサにまで誘いをかけて、何とか、大変な事件に巻き込まれているように見せようとして……」

「私が姿をくらましたりね」

「沢井さんが死んだのは？」

と友也が言った。

「私が沢井さんをあの家に呼んだの」

「君が？」

「沢井さんの話を直接聞いてみたくてね。ところが私が買物に出ている間に、沢井さんが来たわけ。たぶん迫田は私が沢井さんへ電話して、会いたいと話したとき、沢井さんのそばにいて、相手が私だと気づいたのね。そこで沢井さんのあとを尾けて来ていて、私と話されちゃ、自分の嘘がばれると思ったのね。何とかして、こっそり飲み物に薬を入れた……」

「気の毒だったね……」

「それは私のせいだわ」

と、容子はちょっと暗い表情になって言った。

「じゃ、君のお父さんは本気で金を払おうとしたの？」

「迫田が神山の名前を出したから、早速神山のところへ行って話をしてるわよ。神山はきっとしばらくはとぼけてみせて、そのうち、これは極秘だが、とか何とかもったいぶって、迫田が話したとおりのことを説明する。――お父さんはきっと『うちの家族だけでも何とか入れるようにしてくれないか』って頼む」

「それなら金を払ってくれ、ってわけか」

「お父さんなら、五千万ぐらい軽く出すでしょ。いったん、うちのお父さんのような、割と顔の広い人間に信用させてしまえば、あとは簡単よ。実は北川さんがこっそり核シェルターに入る権利を買ったと耳うちすれば、自分も買うっていうのが、たちまち五、六人は出て来るわ」

「でも、実物がないんじゃ、そのうちばれるだろう」

「そう何人もやらなくてもいいのよ。五人から集めりゃ二億五千万円よ。凄い金だわ」

「そうか」

「それに、もしばれても、どう？　金を返せば、そんな名のある人だもの、黙ってるわよ。こっそり生き残るために金を出したなんて、人に知られたくないでしょうからね」

「なるほど……。うまく考えたもんだなあ」

と友也はため息をついた。

「私も馬鹿でした」

と倫子が言った。「いくら助けてもらったとはいえ、あんな男の言いなりになって一度は心をひかれたりして……」

「もういいんだ」

大和田が倫子の肩を抱いた。「お前が帰って来てくれただけで満足だよ」

「ねえ、一つ教えてくれよ」

と、友也は言った。「君、どうやってあの通路から消えたの？」

「壁の下のほうにゴミの投入口があるんです。そこへ滑り込めば、アッという間に消えられます」

「捜したのになあ」

「壁と同じ色に塗って、中から押さえてたから、分からなかったんですよ」

「そうか……。やれやれ、終わってみると、あっけないなあ」

「何言ってんの。さんざん冒険したじゃない」

と容子は言った。「さあ、お父さんをどうやってからかってやろうかな」

「そもそも、友也が可愛い女の子とみると、すぐあとをつけて行くからいけないのよ」

容子はソフトクリームをなめながら言った。

「だけど……」

「まあいいわ。男の子なら当然よね」

友也はホッとして、自分のソフトクリームをなめた。

歩行者天国の日曜日。——通りは、若者たちであふれていた。

「平和ね」

と、容子が言った。

「もし本当に——」

「え？」

「いや、本当にさ、ここへ核爆弾が落ちて来たら……」

「ソフトクリーム食べ終わらなかったのが残念だと思うでしょうね、きっと」

二人は顔を見合わせて笑った。——でも、何となく重苦しい笑いだった……。

「さあ、映画でも見に行かない？」

と容子が言った。

「混んでるぜ、きっと」

「指定席に座る」

「そんな金ないよ、僕」

「私が出すからいいわ」

「へえ！　気前いいんだなあ」

「お父さんから巻き上げてきたの」

「何て言ったの？」

「『核シェルターより安いでしょ』って」

容子はソフトクリームをなめながら、勢いよく歩き出した。友也があわてて追いかける。

どうも友也は、当分女の子のあとを追いかけることになりそうだった。

何でも屋は大忙し

1

「誰だよ、こんな仕事引き受けて来たの」

と、哲郎が声を上げた。

「哲郎君、悪いくせよ、〈こんな〉とか〈そんな〉しか言わないで。それで分かるわけないじゃないの」

グループきっての「理屈屋」で通っている聡子が素早く言い返した。「どの仕事のこと言ってるの？」

「これだよ。暴走族のケンカの仲裁だって？　こんなことオレたちできるわけないだろう！」

「あら、だって、ここは『何でも屋』よ。何だって引き受けますって建前じゃないの」

と、ミチ子が呑気にハンバーガーなどかじりつつ言った。

「それにしたって……。じゃ、お前、泥棒に入るから手伝ってくれって言われたら、引き受けるのか？」

「そりゃ原則的には断る理由、ないんじゃない？」

と、聡子。「合法的な仕事に限ります、って、ただし書きつけとかないのが悪いのよ」

「聡子なあ、お前理屈ばっかり言って――」

「ちっとも稼いで来ないで、でしょ。聞き飽きたわよ」

「こっちは言い飽きたよ！」

「二人とも、やめなさいよ」

と、ミチ子が、大欠伸をして、「――それに、ケンカに加勢しろ、っていうのなら、違法かもしれないけど、仲裁に入れってんだから合法的よ。世のため、人のためにもなるしさ」

「腕一本折られても、か」

哲郎は苦々しい顔で、「引き受けちまったもん、しょうがねえや。——おい、ミチ子、お前、引き受けたんだから、自分で行けよ」

「やあよ。このか弱き乙女に万一のことでもあったら、どうすんのよ」

「都合のいいときだけ、か弱き乙女になりやがって……」

「大体、引き受けたの、私じゃないもん」

「何だって？　じゃ、聡子、お前か？」

「いいえ、残念でした」

「じゃ……誰だよ」

と哲郎はメモの字をじっと眺めた。「だけど——この字は見憶えあるぜ」

「どれどれ」

と、聡子、ミチ子も寄って来て覗き込んだ。

その間に、この場所と状況を説明しておこう。

三人の様子からほぼ察しがつくように、みんなまだ若い——四十代には遥かに遠く、三十代にもまだ遠い、十八歳、大学一年生である。

この三人、なぜか小学校からずっと一緒のクサレ縁で、ついに大学まで同じになってしまった。高校は私立で、三人とも、お互いに、

「これでやっと別になれる」

「よかったわ」

と、言い合っていたのに、入ってみると、みんな同じ高校を受験していたのだった。

そして大学。——今度こそは、と思ったのだが、また一緒になってしまった。ここまで来ると、はや諦めの境地である。

どうせここまで来たのなら、アルバイトも一緒にやろうというわけで、ここ、哲郎の家を本拠に、「何でも屋」を始めたのである。

それには、ちょうど哲郎の父親が、転勤で二年間北海道へ行くことになり、母親ともどもいなくなって、家には哲郎一人が残るはめになっていたという事情もあった。哲郎は一人っ子だから、しっかり者であり、その点、両親の信用も充分にあったのである。

もちろん、聡子とミチ子の二人は、同居しているわけではない。自宅から、いや、大学の帰りに、ここへ来ては仕事をしているのである。

「何でも屋」をやろう、と言い出したのは哲郎で、たまたま、便利屋という商売が誕生して、結構繁盛しているらしいことを週刊誌で見て思いついたのである。

しかし、哲郎自身は、どうしようもない不器用で、釘一本打つのも、垂直には無理でなぜかいつも四十五度は傾いているという具合。それだけに、こういう仕事が成り立つのではないかと考えたのである。

だから、この三人は、いわば電話番で、仕事が来ると、三人の知っている学生仲間の中から、向きそうなのを選んで、行かせる。そして手間賃の三割を、ここへ納めてもらう、というシステムなのである。

しかし、どうしても、やる人間が見付からないことも、たまにはある。そうなると、引き受けた手前この三人の誰かが行かなくてはならない……。

「誰の字、これ？」

とミチ子が首をかしげる。「私、全然見憶えないよ」

「女の字ね、特徴からみて」

と聡子が、あたかも、レントゲン写真を見る医師のごとく言った。

「確かにお前たちの字じゃないよな。こんなうまい字書けないもんな」

「何よ！　自分の字、よく見てから、ものを言いなさいよ」

とミチ子が、かみついた。

「――あら、メモ、見てくれた？」

と、突然、第三者――いや、第四者の声が割って入った。

「あんた、だあれ？」

とミチ子が言った。

男みたいな女の子が入って来た。革ジャンパーにジーパン、髪も、短く切って、ただ顔つきはどう見ても女だったし、声も女のそれである。

「私、ルリ子」

と、その女の子は言った。「さっきここへ来たんだけど、誰もいないから、そこへメモ置いてったのよ」

「あんたここへ黙って入って来たの？　人の家へ！」

「あら、ここはいわばオフィスでしょ。だったら外の人間が入って来たっていいじゃないのよ」

「あんた生意気ね、ちょっと――」

とミチ子がムッとした顔になる。

「まあ、待てよ」

と哲郎が間に入る。「ええと……ルリ子だっけ？　君いくつ？」

「十七よ」

「それで――これは本当なのかい？　暴走族のケンカを止めてくれ、ってのは」

「当たり前でしょ。そんなウソつくために、わざわざ来やしないわ」

「だけどさ――こういう仕事は――」

「できないの？　だって、ここは『何でも屋』なんでしょ？」

そう問い詰められると、哲郎も弱い。ミチ子と聡子はヒョイとソッポを向いてしまう。

「なあ、こういうことは警察の仕事だよ。そうさ、警察へ届ければ、ちゃんとやってくれるよ」

「つかまっちゃ困るのよ」

と、ルリ子が言った。「一方は私がリーダーなんだから」

ミチ子と聡子は、もはや、完全に哲郎を見はなしていた……。

「ケンカなんて下らないよ。やめた方がいいぜ。殴られりゃ痛いぞ。血が出りゃ服が汚れるし。骨が折れたら入院しなきゃならない。心臓が止まったら死ぬんだぞ。だから考え直せよ」

哲郎は、ため息をついた。「これじゃ、やめないだろうな……」

哲郎は、独り言を言っていたのである。

いわば、これからの「仕事」のリハーサルというわけだった。

夜、十一時。——風が強くて、寒かった。

ケンカの場所に指定されているのは、工事現場で哲郎の家からは、歩いて十五分ほどの所である。工事といっても、まだ、ほぼ空地のままで、隅の方に多少資材が積み上げてあるくらいだ。

「やれやれ……。こっちがけがしたら、誰が治療費払ってくれるのかな」

と、哲郎は呟いた。

あのルリ子という女の子が帰ってから、哲郎は必死で、この仕事をやってくれる奴がいないかと捜したのだが、みんな、まず、一万円という手数料を聞くと、

「何だってやるぜ！」

と元気がいいのに、仕事の中味を聞くと、急に、

「頭痛がして来た」

とか、

「今日、お袋の葬式で——」

などとひどいことを言い出す。

結局、哲郎、自らが出て来るしかなくなってしまったのである。

もちろん、放っといてもいいのだ。一一〇番へ知らせて、後は知らん顔を決め込む。普通の学生ならそうするだろう。

しかし、なぜか、哲郎は、責任感だけは人一倍強い。これは、親の教育というより、持って生まれた性格のようだった。

別に勇敢(ゆうかん)なわけでもなく、ケンカに強いわけでもちろんない。——ただ、引き受けたからには行かなきゃならない、という義務感で、今現場に向かっているのである。

道は暗く、人通りはなかった。風が吹き抜けて、思わず首をすぼめる。

今夜は寒いから、ケンカは延期——なんてことはないだろうな、と哲郎は、思った。

「ん？」

後ろから、光がチラチラと足下を照らしている。振り向くとライトが一つ、自転車である。見ている内にスーッと近寄って来て、ピタリと止まる。

「何だ、ミチ子！」

「あら、偶然ね、こんな所で」

とミチ子は澄(す)まして言った。

「悪いな、手伝いに来てくれたのか」

「哲郎に死なれたら、こっちもあの家、使えなくなるじゃない。だから来たのよ。誤解しないでよ。何も哲郎のこと心配して来たんじゃないからね」

「分かったよ、どうでもいいけど、一人じゃ心細かったんだ」

哲郎は、ホッとしながら、歩き出す。ミチ子も自転車から降りて、歩き始めた。

「――ねえ、あのルリ子って女の子、別にうちの大学生じゃないのに、どうして、この仕事のこと、知ってんだろうね？」

「そうだなあ。――誰かに聞いたんだろう」

「あの子の字に見憶えある、って言ったじゃないの」

「そうなんだ。でもなあ……思い出せないよ。――ただ、誰かの字に似てるだけかもしれないけどさ」

「――ね、哲郎、もうそろそろじゃない？」

「ああ。あそこに黄色いランプがついてるだろ。あの向こうだよ」

暗い道を、進んで行くと、かなりの広さ――たぶん、バスケットコートぐらいはある土地が、のっぺりと広がっている。

「ここか。――ケンカにゃ絶好ね」

「全く、何でケンカしなきゃなんないんだろうな。オートバイ乗るの好きなら、ただ走ってりゃいいじゃないか」

「そう言ってやったら?」

と、突然、暗がりの中から声がして、哲郎とミチ子は飛び上がった。

「――聡子じゃないの!」

「お二人じゃ心細いと思って来たのよ。三人なら、どうなっても一人は逃げて一一〇番できるでしょ」

と聡子は言って、「この先、五十メートルくらいの所に、公衆電話があるわよ」

「相変わらず、頭の回ることね」

とミチ子は言った。

哲郎は、何とも複雑な気分である。二人が来てくれたことは嬉しい。しかし、それは要するに、いかに自分が頼りなく思われているかを証明しているようなものである。

「――ねえ」

と、ミチ子が言った。「誰かいるよ」

「どこに?」

「空地の真中に……。ほら、よく見て」

哲郎は目をこらした。――なるほど、暗さに目が慣れて来ると、何やら人間らしいものがうずくまっているのが目に入った。

「もうケンカしてやられたのかしら？」

「まさか！　十二時だぜ、ケンカの時間は。まだ四十分もある」

「四十二分よ」

と、聡子が言った。「でも、あんな所で寝る物好きはいないわ。見に行った方が良さそうじゃない」

「そうだな……」

聡子が懐中電灯をつけた。そういえば、哲郎は何も持って来ていない。いかに緊張していたか、明らかである。

聡子を先頭に、哲郎とミチ子が続いた。

ちょうど、空地の真中あたりに、誰かが倒れている。哲郎は、ゴクリとツバを飲み込んだ。

「誰だろう？」

「うつ伏せね。——顔を見ましょう」

聡子は、落ち着き払っていて、かがみこむと、その倒れている体を、仰向けにさせた。

「まあ——」

　と、ミチ子が言った。

　哲郎は目を見張った。

「これは——あの子じゃないか！」

　ルリ子だった。間違いない。しかし、哲郎が驚いたのは、ルリ子が、昼間見たときと打って変わってブルーの、いかにも少女っぽいワンピースを着ていることだった。

　だが、そのブルーは、土で汚れ、そして、胸のあたりは赤く、血で汚れていた……。

2

「あーあ、参ったねえ」

と、ミチ子が入って来るなり言った。「パパとママから、散々どやされちゃった。そんな変なアルバイトやってるから、人殺しなんかに巻き込まれるんだ、って」

「私も同様よ」

　と聡子が、言った。

「へえ、聡子も？」

「警察の厄介になるくらいなら、いっそ駆け落ちでもしてくれた方が、ってね」

「別にこっちが悪いことしたわけじゃあないのにね。――ところで、ここの住人は？」

「哲郎君？　二階へ行って、何やらひっくり返してる」

「オセロでもやってんの？」

「違うわよ。机をかき回して――あ、戻って来た」

哲郎は、何だか、いやに深刻な顔で、入って来た。

「どうしたの？　そっちもママに叱られたな？」

とミチ子が、からかうように言ったが、哲郎は、妙に沈み込んだ様子で、手に少々古びた封筒を持っている。

「何なの、それ？」

と聡子が聞く。

「あの子の字さ」

「あの子？――殺された子？」

「どこかで見た字だと思ったんだよ」

「見せてくれる？」

「ああ……」

聡子が封筒から手紙を出して開くと、ミチ子が覗き込む。

「——これ、ラブレターじゃないの！」

とミチ子が声を上げた。『憧れの哲郎さん……』だって！」

「じゃ、あの子は、哲郎君の彼女だったの？」

「違うよ！　それはもう五年前に来たんだ。中学生の頃さ。あの子は、ともかく目立たない子だった。つきあいも全然ないんだよ」

「この手紙は？」

「ある日、僕の机の中にあったのさ」

「で、どうしたの？」

「どうもしないよ。——こっちに全然その気がないんだもの。下手にあれこれ言うより、放っておくのが一番だと思ったんだ」

「それは正解ね」

と聡子が言った。

「で、あなたはそれを、コロッと忘れてたわけね」

「うん。だって、あのころは、髪を長くしてさ、まるでイメージが違ってたんだもの。分かるわけないよ」

「いつ、気が付いたの？」

「名前さ、伊波ルリ子っていったろ？　ちょっと珍しい名だから、頭の隅に残ってたんだな。警察で聞いて、あれ、と思ったんだ。どこかで見た名だな、って」

「それでこの手紙を捜してたのか」

「まさかあの子が暴走族とはね……」

「でも、死んでたのはワンピース姿だったわよ」

「そうなんだ。あのときに、あれ、どこかでこの顔見たことある、と思ったんだよ」

と哲郎は肯いた。

しばらく、三人は黙っていた。

「――可哀そうに」

とミチ子が言った。「きっと、哲郎のこと、憶えてて、ここへ来たのよ。それなのに、哲郎はてんで気が付かなくて――」

「おい、よせよ。何だか僕が悪いことしてるみたいじゃないか。――でも、僕は、ちゃんとその償いはする気だぜ」

「どうやって？」

「犯人を見付けるのよ」

と、聡子が言った。「ねえ、そうでしょ、哲郎？」

「あれは自業自得というものだ」

父親の伊波の言葉に、哲郎は、思わず、

「え？」と訊き返していた。

「つまり、暴走族に入って、リーダーかなんかやっていれば、いつか当然ああいうことになるに決まっとる、ということさ」

伊波は、そう言って、タバコに火をつけた。——哲郎は、ちょっと言葉が出て来なかった。

「でも——ルリ子さんが殺されて、犯人が憎いでしょう」

「まあね」

と、伊波は言った。「そりゃ、早く捕まるに越したことはないが、一方的にそっちが悪いというわけではあるまい。娘の方も悪かったんだよ」

哲郎は頭へ来ていた。

娘が殺されたというのに、こうしていつも通り、自分が経営している会社に出て来ているというので、悲しみを紛らわすためかと思ったのだが、この父親は、さっぱり悲しんでもいない様子である。

「あの――ルリ子さんを殺した人間の心当たりは――」

「別にないね。それは警察が調べてくれるだろう」

伊波は立ち上がって、「では、私は忙しいんでね。失礼するよ」

と言った。

「こっちも失礼します！」

これ以上いると、ぶん殴りかねない、と思って、哲郎は、社長室を出た。

「――やあ、どうだった」

会社を出ると、聡子が待っている。

「ひどいもんだ。あれでも、父親か、全く！」

哲郎の話を聞くと、聡子は肯いて、

「それは、あのルリ子が、伊波の本当の子じゃないからよ」

と言った。

「どうして知ってるんだい？」

「あなたのこと、待ってる間に、出入りしてるＯＬの人たちに話しかけたの。向こうも、おしゃべり大好きでしょ。だから、しゃべってくれたわ」

「へえ……」

「あのルリ子って子、伊波の先妻の連れ子なのよね。つまり、今の両親は、本当の親じゃないのよ」

「なるほど」

もちろん、どんな環境だって、ちゃんと育つ子もいるが、親があれでは、家にいたくなくなるのも当然だろう。

「じゃ、今度は母親の方へ会いに行く？」

「うん。ちょっと気が重いけどね……」

と哲郎は言った。

やめるわけにはいかない。——あの冷淡な父親に会って、ますます哲郎は、犯人を見付けてやろうという決心を強めていた。

哲郎がこれほどの決心をするのは、遊び以外には珍しいことであった。

——伊波の家は、ちょっと入るのにためらうほどの大邸宅で、門から入って、玄関まで、疲れるほど歩く——というのはオーバーだが、呆れるような広さだった。

出て来たのは、十八、九の娘で、

「奥様は、今、お出かけです」

と言った。「お花の集まりがありましてね……」

娘が死んで、集まりに出て行く母親というのも珍しい。――しかし、そのお手伝いさんらしい娘は、目を赤くしていた。

「実は、ルリ子さんのこと、聞きたくって……」

と哲郎が言うと、

「どうぞ中へ」

と案内してくれた。

迷子にでもなりそうな廊下を辿って行くと、奥の方の部屋のドアを開け、

「ここが、ルリ子さんの部屋でした」

と言った。

中は、暴走族のリーダーだったと思わせるものなど、一つも見えず、きちんと片づけていた。

「ここは、あなたが掃除を？」

と、聡子が訊く。

「いいえ。私はやりません」

「じゃ、ルリ子さん、自分で？」

「はい。とても、まめで、きれい好きな方でした。本当にやさしくて……」

と、涙をグスン、とすすり上げる。

「――誰か、彼女を殺した人の心当たりは?」

と、哲郎が訊く。

「あの……ちょっとドアを閉めて下さい」

「え?――あぁ、いいよ」

「ルリ子さんは、遺産の相続人だったんです」

「遺産?」

「亡くなったお母様のです。前の奥様ですね。――だから、ルリ子さんは、二十歳になるか、結婚なさると、遺産を継いで、大金持ちになるはずでしたわ」

哲郎と聡子は素早く目を見交わした。

「すると、ルリ子さんが死んで得をするのは――」

「旦那様と奥様ですよ」

と、その娘は言った。

廊下に足音がして、ドアが開いた。

「あ、水上(みなかみ)さん、お帰りなさい」

「奥様が捜してるよ」

と、言ったのは、運転手らしい。若い男である。

「――お客さん？」

「ルリ子さんの友人です」

と哲郎が言うと、

「ああ、そう」

と、水上という男は、肯いて、「気の毒だねえ、お嬢さんは。――あの若さで」

と首を振った。

「じゃ、ちょっと失礼して」

と、娘が出て行く。

「お嬢さんが亡くなって、悲しんでるのは、僕と、あの、みどりさんぐらいだろうな」

と、水上は言った。

「ルリ子さんを恨んでいたような人はいますか？」

と、聡子が訊いた。

「そうだねえ。――いい人だったけど、やっぱり多少ひねくれたようなところは、あったよ」

「つまり敵もいた？」

「いや、逆に、心を許せる友人がいなかった、ってところかな……」

水上の言い方は、やさしかった。——哲郎は、胸が痛んだ。

玄関の方へ歩いて行くと、ルリ子の母親らしい女と出くわした。

ひどく若い。やっと三十になるかならずというところだろう。

「あら、ルリ子のお友だち？」

「はい」

「そう。わざわざ来ていただいたんだから、お相手したいんだけど、何かと忙しくって……」

「いえ、もう失礼しますので」

と聡子が言った。

「そう？　じゃ、また遊びに来てちょうだいね」

と、さっさと行ってしまった。

「全くもう……」

と、哲郎は呟いた。

玄関まで出て来てくれたのは、みどりというお手伝いの娘で、

「お嬢様のお葬式には、出席なさって下さいね」

と、言って、二人を送って来てくれた。

「——やあ、ごめん！」

と、ミチ子が、店に入ってくる。

哲郎と聡子が遅い昼食を取っている喫茶店である。

「どうだった？」

と、哲郎が聞く。

「ちょっと待ってよ！　こっちはお腹すいて死にそうなんだから！」

と、ミチ子は、カレーライスを頼んだ。

「——グループは騒いでる？」

と、聡子が聞く。

ミチ子は、ルリ子がリーダーをしていた、暴走族に話を聞きに行っていたのである。

「それが変なのよ」

とミチ子は言った。

「何が？」

「あのね、あの夜、ケンカなんてすることになってなかったっていうの」

「何だって？」

「そうなのよ。――全然分かんないわ」

「つまり、あの夜のケンカは、彼女の作り話だったのか」

「それにね、彼女、あの前の日に、リーダーを他の子にゆずってるのよ」

「じゃ、もうリーダーじゃなかったのね？」

と聡子が訊く。

「そう。おかしいわよね。まるで――」

「殺されるのが分かってたみたい」

と聡子が引き取って言った。

「――どうやら、暴走族の方は、関係ないようだな」

と、哲郎は言った。

「決闘しなきゃいけないような、仲の悪いグループはなかったって言ってたわよ。

――どうも」

最後の「どうも」は、カレーが来たところである。ここで、しばし、ミチ子は食べる方に専念し、話は、もっぱら、哲郎と聡子で続いた。

「あのみどりさんの話は、確かめてみる価値ありね」

「遺産のことかい？　うん、同感だな」

「あの両親が、当然今までは、彼女が継ぐ遺産を管理してたわけでしょう」

「それを、使い込んでしまっていた、としたら？」

「動機としちゃ弱いわね」

「そうかい？」

「そうよ。人を殺すというのは、大変なことだもの。——よほどのことがなきゃ……」

「殺したことあるみたいね」

とミチ子がからかった。

「あったらどうする？」

と、聡子は訊き返した。

「待てよ。——これからどうするか、考えなきゃ」

「警察に任せたら？」

と、ミチ子が言った。

「私も同感ね」

と聡子が言った。「でも、そうしないでしょ」

「しないさ、当たり前じゃないか……」

と、哲郎が言い切る。

「よかった」

と聡子が微笑む。

「どうして？」

「途中でやめるような人なら、絶交してやろうと思ってたの」

自分で、警察に任せろと言っといて、勝手なもんだ、と哲郎は思った。

「一つ分からないのはね」

と聡子が言い出した。「服なのよ」

「服？」

「そう。あのとき、なぜ、ルリ子さんはワンピース姿だったのか」

「デートにでも行ったんじゃない？」

「でも、あの格好で、空地の真中に立ってるってのは……。変だと思わない？」

「うん、そうだな」

と、哲郎は肯く。「わざわざ汚れるようなもんだ」

「そうでしょ？　下だって、土のままだし……」

「大体、ケンカがあるなんて言ったのが、そもそも妙よ」

とミチ子が言った。

カレーライスは早くも半分位に減っている。

「そうなんだ……」

哲郎は考え込んだ。「どうして、彼女が、そんなでたらめを言ったのか、それが問題だな」

3

三日が過ぎて、哲郎の所へ電話がかかって来た。

みどりからである。あの、お手伝いの娘だ。

「――今日、告別式がありますので」

「どうもありがとう。必ず伺います」

と、哲郎は言った。

黒い背広というのはないので、紺のブレザーにして、ネクタイも、黒に近いものを選んだ。

哲郎にしても、気が重い。

あのルリ子が、どんな寂しい思いの中で、哲郎へ手紙を書いたのか、何一つ分かっていなかった自分が、何だか、ひどいことをしてしまったような気がする。

もちろん、悪気があったのではないし、それは仕方のないすれ違いであるが、やはり胸は痛むのである。

まだ聡子もミチ子も来ていないので、メモでも置いて行こうと思っていると、聡子がやって来た。

「やあ、ちょうど良かった」

「あら」

聡子は、哲郎の服装を見て、「ルリ子さんのお葬式だったの？」

と訊いた。

「いや、これからだよ」

「あ、そう。もう戻って来たのかと思ったわ」

と聡子はソファにすわったが……。「——ねえ」

と、出かけようとした哲郎へ、声をかけた。

「何だい？」

「ルリ子さんも、あれから出かけるつもりだったんじゃない？」

「あれから？」

「そう。デートへ行った後じゃなくて、前だったとしたら？」

「前？」

「つまり、彼女はあなたと、デートしたかったのよ」

「そうか。――つまり、あのでたらめのケンカの話も――」

「あんな話を持ち込めば、まず他の人が来るわけがない、と分かってたのよ」

と聡子は言った。

「僕を待ってたのか、あの空地で」

「でも、来たのは――」

二人は顔を見合わせた。

「誰だったんだろう？」

と、哲郎は言った。

盛大というか、何というか……。

まるで、ふくらし粉で、精一杯にふくらませたような葬儀だった。

やたらに大勢の人が来ていて、大げさで、たっぷり金もかかっている。しかし、来ている人たちは、黒い服ではいるものの、みんな笑いながら、世間話をしている。目をつぶっていたら、とても葬式とは思えないにぎやかさであった。

哲郎は、焼香をして、帰ろうとした。とても、長くいる気にはなれない。

外へ出て歩きかける。——何となく、すぐ帰ってしまうのも、ためらわれた。

哲郎は、広い邸内の庭を、少し歩こうと思った。——裏手の方へ回って来ると、人の姿もない。静かなものである。

「水上さん——」

と声がした。

哲郎は、ちょっとためらった。見つかると、何をしているのか、と思われそうだ。

幸い庭は広くて、木が沢山ある。その一本に身を寄せて、隠れた。

「水上さん。——ここじゃないの?」

やって来たのは、みどりだった。

すぐ近くへ来てキョロキョロ、見回している。哲郎は、気が気ではなかった。

「ここだよ」

水上の声がした。

「あら、ここにいたなら見えたのに――」

「今来たんだ。――何の用だい？」

と水上は言った。

「ええ……」

と、みどりはためらっている。

「早くしてくれ。奥様がうるさいんだ、用のあるときに、こっちがいなくなってると」

「ねえ水上さん」

「何だい？」

「あなたは、お嬢様が好きだったんでしょう？」

「そりゃそうさ」

と答えてから、水上は、「――おい、待てよ」

と言った。

「そりゃ、どういう意味だい？」

「お嬢様もあなたのことが好きだったんだわ」

「好きったって――」

水上は苦笑し「何かい？　男と女としてってことかい？」

「もちろんよ」

「それならノーだ」

と、水上は言った。「何しろ、お嬢様はあの若さだ。こっちもあっちも、お互い、男でも女でもないよ」

「そんなこと――」

「本当さ。それがどうしたんだ？」

「いいわ、それなら、それで。でも――あなたは、私のこと、どう思ってる？」

水上は、しばし返事に困っていた。女性から、正面切って、

「私をどう思うか」

と迫られると、困るだろう、と哲郎も思った。

「いいわ、もう！」

突然、叫ぶように言って、みどりは、かけ出して行ってしまった。

「おい！――待てよ！」

水上が呼んだが、みどりは、戻ろうとも、足を止めようともしなかった……。

夜、十時。

水上は、小さな公園に足を踏み入れた。——何だか落ち着かない様子である。

公園の中は、人の姿などない。水上は、ベンチの一つに腰をおろすと、タバコを取り出して火をつけた。

「——お待たせ」

と、声がして、顔を上げた水上は目をパチリとさせた。

「やあ、あんたは——」

「大分待った？」

と聡子は言った。

「じゃ、電話をくれたのは、あんたなのかい？」

「しっ！」

と、聡子は、声をひそめた。「今に分かります」

「そりゃいいけどさ……」

「親しげにして下さい。腕を組んで」

「う、うん……」

「ごめんなさい、無理言って」

「いや、僕は構わないけど、一体どうして——」

「もう少し待って下さい」

二人の会話は声が低いので、遠くには聞こえない。はた目には、低く、愛の言葉でも囁(ささや)いて見えただろう。

「ねえ、説明してくれよ」

と、しばらくして、水上が言った。

「ちょっと、耳を貸して」

「ああ——」

二人の顔が近寄る。聡子は、いきなり、水上の頰(ほお)に唇(くちびる)をつけた。水上の方がびっくりして、

「何を——」

と言いかける。

そのとき、突然、

「やめて!」

と叫び声がして、誰かが、公園の茂みの陰から飛び出して来た。

「おい、みどり！」

と水上があわてて立ち上がる。

みどりがナイフをつかんで、真っすぐに、水上の方へ進んで来る。

そのままいくと、確実に、水上は刺されていた。

しかし、途中で、みどりは前のめりに転倒した。

哲郎が、細い棒を投げ、それが、みどりの足に絡まったのだ。

哲郎、ミチ子が駆け寄って、起き上がろうとするみどりから、ナイフを取り上げた。

「――それじゃ」

と、水上は目を丸くして、「みどりが、お嬢さんを殺したのかい？」

「そうですよ」

と、聡子が言った。「みどりさんはあなたのことが好きで、ルリ子さんをライバルだと思っていたんですね」

「まさかそんな……」

「本当ですよ」

と、聡子は言った。「あのね、ルリ子さんは、いつもの革ジャンパーでなく、ワンピースを着て出かけました。それを当然、みどりさんも見ている。そしてあなたに会うのだと思っていました」

「あの日は、僕も出かけていて、家にいなかった」

「だから、みどりさんは、ルリ子さんの後をつけて行き、恋敵と思って、刺したんです」

「そんなことが……」

水上はため息をついた。

みどりは、地面に伏せて泣いていた。水上はみどりを抱きかかえるようにして立たせると、

「みどりは、僕が警察へ連れて行くよ」

と言った。「色々と悪かったね」

「いいえ」

水上とみどりが歩いて行くのを、三人は見送っていた。

「――やれやれ、だ」

と、哲郎は言った。「あの父親あたりが犯人だと良かったのに」

「現実は、そううまくいかないわ」

と聡子が言った。

「そうだな。——帰ろうか」

と哲郎は言った。

「でも、一応、ちゃんと犯人は捕まえたわ」

とミチ子が言った。「探偵業も、『何でも屋』の中に入れて良さそうね」

「やめてくれよ」

「あらどうして？」

歩きながら、哲郎は渋い顔で言った。

「だって——」

と聡子が代わりに答えた。「一円にもならない仕事じゃ、仕事とはいえないものね」

ラブ・バード・ウォッチング

1

幸子（さちこ）がバード・ウォッチングをやると言い出したとき、家族の誰もが不思議とは思わなかった。

なぜなら幸子はいかにもそんなことの好きそうな性格の娘であり、またあまりにも内気で、趣味というほどのものが何もなかったので、少しは何かやったらいいと、いつも言われていたからだ。

そこで、当然、双眼鏡の代金も、母親が出してくれることになった。

木暮（こぐれ）幸子は、十八歳の高校三年生である。私立のN女子学園に通っていた。それも小学校からずっとここだ。

つまり、もう都合十二年も同じ学校へ通っている勘定になり、弟の和夫から、

「よく飽きないなあ」

とからかわれる。

幸子にしてみれば、N学園に大学のないのが残念なくらいで、あれば必ずそこへ入ったはずなのだ。——ともかく、新しい環境に慣れるよりは、今までの所にずっといたいと思っている。

それくらい、引っ込み思案な性格なのだ。「いるかいないか分からない」というのを通り越して、「いるとは思えない」という方である。

そんな幸子だが、さて……。

夏休みの一日、幸子はTシャツにジーンズのスタイルで、双眼鏡を手に、

「ちゃんと朝ごはんぐらい食べたら？」

という母の言葉を無視して、家を飛び出して行った。

行先はいつものお寺の裏。

だいたいバード・ウォッチングなるもの、郊外や山でやるものだろうが、幸子の住んでいるあたりは、新しく開発された住宅地で、まだ林やちょっとした山が残ってい

る。

少し高台になったお寺の裏手へ出ると、思いがけないほどの眺望が開けるのだった。

いつもの場所へ来ると、幸子はハンカチを広げて腰をおろした。この場所も、一度捜し当てて、ここと決めてから、ずっと変わらない。

幸子らしいところである。

幸子は双眼鏡を手にした。——視界が、一気に接近する。家並が見える。

幸子はそっと腹ばいになると、双眼鏡を下の方へと向けた。

青い屋根が、目に入った。開け放した窓。部屋の中の、机やギター、放り出したままのノートや本まで、手に取るように見えた。

「いけないんだわ、人の部屋を覗いたりして……」

幸子は呟く。分かっている。それぐらいのこと、分かっちゃいるのだ。

それでも、目をつぶることができない。双眼鏡を動かすことができない。

窓辺に、男の子が見えた。もちろん、男の子といったって、幸子と同じくらいの年齢で、学生であることも間違いない。

暑くなってから起きて来たせいか、上半身裸のままで、大あくびをしている。

幸子の頰が赤らんだのは、上昇し始めた気温のせいばかりではない。——胸がときめいているからなのだ。

幸子は、何しろ「内気」を絵で描いたような性格である。これまでにも、一人のボーイフレンドもいない。

もちろん、女子校だからといって、みんながこうなのではなく、めいめいが程度の差こそあれ、ある程度の付き合いをしている中で、幸子のごとく、男の子とほとんど口もきいたことがないというのは、やはり例外中の例外だった。

その幸子の初恋の相手。それが、今、双眼鏡のレンズの中にいる男の子なのである。幸子は彼の名を知らない。何しろこうして双眼鏡で見る以外、会ったことも、話したこともないのだから。

しかし、幸子は満足だった。こうして遠くから眺めていられるだけで、充分だった……。

――この日は、ちょっといつもと違っていた。

どうやら、家族で、どこか海へでも出かけるらしい。父親らしい人が車を洗ったり、ビーチマットを積み込んだりしている。幸子はちょっとがっかりだった。

こんな時間から出かけるというのは、当然泊まりがけになる。一泊とは限らないから、何日間か、彼の姿が見られなくなるかもしれないのだ。

一時間ほどして、家族が家から出て来た。ところが——彼一人は、玄関から、また中へ入ってしまった。

一人だけ留守番かしら？　幸子は、車が出て行くと、また二階の彼の部屋へと双眼鏡を向けた。

彼が、入って来て、窓の所へ来ると、どうやら車を見送っているらしい。その後、ゴロリとベッドへ横になって、眠ってしまったようだった。

幸子は、昼食を食べに家へ帰った。

「熱心なのはいいけど、暑くないの？」

と母が心配そうに言った。

「私は大丈夫。お母さんみたいに、暑さに弱いタイプじゃないもの」

母は、かなり太っているが、幸子はやせ型だ。

「ちゃんと帽子はかぶって行くのよ」

「はい」

昼食を済ませると、また幸子は、あのお寺の裏へと急いだ。

さすがに日中は暑い。定位置についても、しばらくは、汗を拭（ぬぐ）うのに手間取っている。

幸子は、やっと双眼鏡を目に当てた。

ショッキングな場面が、幸子を待っていた。彼の部屋の中で、彼が、女の子と抱き合っていたのだ。

2

「今日は行かないの？」

朝ごはんの後、居間で本を読んでいる幸子を見て、母がきいた。

「ウン」

幸子は顔も上げずに言った。

「今日はちょっと涼しそうよ。行くんなら今の内に——」

「今日はうちですることがあるの」

と言って、幸子は、二階の部屋へ上がった。——でも、何もする気がしない。

幸子は幻滅（げんめつ）の苦みを味わっていた。知りもしない相手に幻滅するというのも妙だが、それが実感だったのだから仕方ない。

家族が留守の間に女の子を連れて来て……。

あれはいささかずるいじゃないの、と幸子は文句を言った。——あの女の子、双眼鏡のレンズを通して見る限りでは、確かになかなか美人である。そういう公平さを失わないのが、幸子らしいところだ。

ゆうべは、彼の部屋へ泊まって行ったのかしら？――いや、そんな子にも見えなかったけれど。

もし泊まって行ったとしたら、もう起きてる頃かしら？

幸子は少し考えて、それから双眼鏡へと手を伸ばした。

「――やっぱり行って来るわ」

幸子は、あきれ顔の母へそう言って、玄関から飛び出した。

定位置へたどりつくと、汗を拭いながら、双眼鏡を構える。

彼が、窓の所へ出て来て、手を振っている。もちろん幸子へではない。

窓の下の方を見ると、あの女の子が、道から手を振っていた。

やはり、泊まって行ったらしい。――幸子はちょっと胸が痛んだ。別に自分とは関係ないことだと思っても、そうは割り切れないのが乙女心（おとめごころ）というものである。

何となく、女の子の姿を追ってみる。道を少し行って、彼女は電話ボックスへ入った。家にでもかけるのかしら？　何と言い訳しようというのかな、と幸子は思った。

――幸子は戸惑った。

電話をかけている彼女が、さっき、笑顔で手を振っていたのとは、まるで別人のように見えたのだ。何だか急に――何というか――だらけて来て、ずっと年齢もいっているように見える。

これはどういうことなのだろう？――幸子は首をひねった。

幸子だって、女の子が恋人の前ではおしとやかにしようとする。その心理、分からないではないけれど、あれは少々変わりすぎじゃないかしら？

笑っているところなんか、本当にだらしのない、ぐれた感じがする。

しばらく話してから、彼女はボックスから出て来た。そして、また少し行くと、タバコの自動販売機の前で足を止め、硬貨を出してタバコを買った。封を切るのももどかしい感じで、一本くわえると、ハンドバッグからマッチを出して火をつける。

さもうまそうに煙を吹き出すと、彼女はのんびり歩き出した。

あれはどう見ても、すいたくてたまらなかったのを、じっと我慢していたという感じである。幸子も父がタバコを喫うので、よく知っているのだ。

つまり、彼の前では、タバコなんてとんでもないって感じだったのだろう。

「ずるいじゃないの！」

と、幸子は呟いた。――別に文句を言う筋合ではないかもしれないが、それにしても、同性として、あんな風に恋人を騙すのは許せない、と思った。

でも、許せないと怒ってみたところで、何かできるわけでもあるまい。いきなりあの家へ訪ねて行って、

「あなたの彼女は猫っかぶりです」

と言ったら、叩き出されるだろう。

それに、どうして分かったときかれて、何と答える？

「ちょっとおたくを覗いていたんです」

――まさか、ね！

仕方ない。これはもう放っておく他はないのだ。そもそもが、映画かTVを見ているのと同じで、こっちが手の触れられる世界ではないと承知の上でのことなのだから……。

幸子は双眼鏡を、また彼の家の方へと戻した。――部屋の中を覗いて、思わずギクッとする。

ベッドの上に、スーツケースが開いてある。そして、彼が、服を詰め込んでいるのだ。

「いけない……」

と、幸子は、まるで彼に聞こえるとでもいうように、呟いた。「そんなこと、いけないわ！」

彼女とちょっと旅行へ出る、というのではないのだ。

スーツケースは大型で、詰めている服は、どう見たって夏物だけじゃない。冬物のセーターや、ジャンパーなんかまで、ぐいぐい押し込んでいる。

あれはどう見たって——駆け落ちじゃないの！

双眼鏡を持った手が震えた。

3

「何だかえらく黙りこくって、どうしたの、幸子？」

と母がきく。

「別に……」

「だって夕ごはんもろくに食べなかったじゃないの」

「食欲ないの」

「夏バテ？　ちょっと早いんじゃない？」

「何でもないのよ」

と幸子はイライラとして、ついきつい口調になった。弟の和夫が、

「分かった」

と言い出した。「恋愛中なんだ、お姉ちゃん！」

「馬鹿言わないでよ！」

幸子はプイと立って、自分の部屋へと上がった。――ホッと息をつく。

恋愛中か。確かに、そう言えないこともない。しかし、単純な恋愛ではないところが、難しいのだ。

母に何かきかれはしないかと、ヒヤヒヤした。説明のしようがないし、しなければ、ますます母は不安がるに違いない。

だが、幸い、母はやって来なかった。父がちょうど酔って帰って来たので、その世話の方が忙しかったようだ。

幸子は、なかなか寝つかれなかった。――もう、彼は家を出てしまっただろうか？

でも、不思議なことが一つある。

あの女性――女の子のふりはしているが、もっと年齢は上に違いない――が、本当にちっとも純情可憐でも何でもないのなら、どうして駆け落ちなんかする気になっ

たのだろう？

少なくとも、駆け落ちは、両方がその気にならなくては、成立しないものだろう。あの女性が、苦しいに決まっている駆け落ち生活を堪えようなんていう、殊勝（しゅしょう）なことを考えるだろうか？

何か……おかしい。

幸子は、ずっと目を覚ましていた。夜、十二時を回った頃、幸子はベッドからスルリと抜け出した。

家を脱け出すのは難しくなかった。

みんな眠りは深いたちなのだ。――幸子は懐中電灯の光を頼りに、寺への道を急いだ。

普段なら怖くてたまらないところだろうが今は平気だ。

定位置へやって来ると、幸子は双眼鏡を目に当てた。――まだいる！

窓は明るかった。中の様子が、はっきりと見てとれる。

彼は、机に向かって、何かを書いていた。

「書き置き……」

と幸子は呟いた。

ちょうど、書き終えたところらしかった。読み直し、折りたたんで、封筒へ入れ、きれいに片付けられた机の上にピタリと置いた。

立ち上がると、部屋の中を見回し、カーテンを閉める。彼の姿は見えなくなった。そして明りが消えた。

少しして、玄関から、彼が出て来た。あのスーツケースをさげている。

ちゃんと玄関に鍵をかけて、もう未練もない様子で、彼は足早に歩いて行った。もう止めるわけにもいかない。

幸子は、彼の姿が、視界から消えるまで見送った。——しばらくは、そこから動く気もしなかった。

彼は彼だ。私なんて何の関係もないのだ。幸子はそう自分へ言い聞かせた。

「帰るか」

と呟いて、何気なく、彼の家へもう一度双眼鏡を向けた。

息を呑んだ。——男が三人、彼の家の玄関の所に立っている。一人が鍵を開けた。

三人が素早く中へ消えた。

どう見てもまともな連中ではない。

その瞬間、すべてが分かった。

健二は、力ない足取りで戻って来た。

――彼女は結局、来なかった。

二時間も待ったのに、来なかったのだ。

結局、彼女の方は本気ではなかったのかもしれない。健二は、よほどこのまま、どこかへ行ってしまおうかと思った。

足を止めて、目を見張った。家の前に、パトカーが停まっている。二台、いや三台も！

健二は駆け出した。

「――キミの留守を狙ったんだね」

と警官が言った。「どうやったのか知らんが合鍵も持っていたんだ。危いところだったな」

「ありがとうございました」

健二にも、今は何もかも分かっていた。彼女だ。今夜、健二に家を空けさせるのが目的だった。彼に近付いて合鍵を作っておいて……。

僕は馬鹿だ！

「まあ、礼はあの子に言ってくれ」

と警官が言った。「押し入るのを見て通報してくれたんだよ」

健二は、恥ずかしそうに、顔を伏せて立っている女の子の方を見た。

歩み寄って、

「どうもありがとう」

と声をかけた。

「いいえ」

その女の子が顔を上げた。——優しくはにかんだ微笑が、健二の心にしみ込んで行った。

「よく——見付けてくれたね」

と健二も、照れながら言った。

「鳥を見ていたんです」

「え？」

「鳥を——」

と、その女の子は言った。

夢の行列

1　深夜の行列

「この寒いのに、出かけるの？」

と、お母さんが玄関へ出て来て、あきれ顔で言った。

正直なところ、私もそう思わないわけじゃなかった。だって、二月の、寒さのいちばん厳しい時には、毛布にくるまって外で夜明かしするより、家のベッドであったかくして眠ってるほうがいいに決まっている。

でも、そこが意地ってもので、

「しかたないのよ、友だちのためなんだもの」

と、ブーツをはきながら、私は答えたのだった。

「そんなもんかね」

と、お母さんはあきらめ顔。

「もう一枚毛布持ってったら？——手袋は？——えり巻きは？」

「大丈夫。これ以上あれこれ巻きつけたら、息がつまって死んじゃうわ」

これ以上、いろいろ言われると、ほんとうにやめようかな、って気になってしまうので、私は、

「じゃ、行って来るね」

と早々に玄関を出た。——とたんに後悔した。

ただ寒いだけなら、十三歳という若さと、クラス随一の美貌（あんまり関係ないかな）でしのげるけど、空気が凍ってはりついてくるような風にはお手上げだ。

しかし、今さらクルリと回れ右して、

「ただいま」

と入っていけるだろうか？

さんざん迷ったものの、結局は寒風が我がもの顔で踊り回る夜の道を、肩をすぼめて歩きだしたのだった。

若い日の友情なんて、ほんとうにばからしいものだ。

いや、友情そのものはすばらしいものだと思うけれど、「友情のために」と称してやることの、何というばかばかしさ！

さぼった友だちの「代返」だの、授業中にお弁当を食べている友だちのための見張りだの、職員室で先生に叱られるのまで付き合いでいっしょに叱られたり……。大人から見りゃ、ほんとうに理解しがたいアホらしさかもしれない。

でも、そんなことに名誉と誇りを賭けられるのが「若さ」ってもので——なんて教訓めいた言い方はやめよう。

あと十年もたったら言ってみてもいいかな……。

ともかく、いくらお母さんがあきれ顔をしようが、親友のかわりに、ある人気タレントのワンマンショーの切符売り場に前の晩から並ぶことは、私にとってはまさに「友情のあかし」以外の何物でもなかったのだ。

しかし、いくら友情でも、カイロじゃないから、ふところへ入れておけば暖かいってもんじゃない。この寒さを防ぐには、何の役にも立たないのだ。

「寒いなあ……」

と、ついつい口に出しながら、私は終電間近な駅のホームで、震えていた。

ええと、私の名は貫居厚子。「ぬくい」「あつこ」とくれば寒さには強そうだけど、その実、細めなので、至って弱い。もっとも他人の目には、「やや太め」とも見えるらしい。

目のおかしい人が増えているようだ。

そんなことはともかく――次の電車まで二十分も待たなきゃならないとあって、私は飛んだりはねたりして体を少しでも暖めようと、涙ぐましい努力をしていた。

「二番線に新宿行きが参ります」

と、アナウンスがあって、あれ？――と思った。

おかしいな。新宿行きはまだ十七、八分しないと来ないはずなのに。――しかし、電車の時間は狂うこともある。

こういう狂い方なら大歓迎だ。実際、待つほどもなく、電車がホームへ入って来た。

時間が遅いので急行はない。各駅停車でのんびりと行くわけである。

もちろん車内はガラガラで、他に二、三人の客しかいない。私は、隅っこの席へ行って、腰をかけた。ヒーターが入って、お尻がポカポカと暖かい。

ホームにベルが鳴って、ピーッと笛の音、ドアが今まさに閉まろうとしたとき、

「待て！　ちょっと待て！」

と声がしたと思うと、私と同じくらいの年齢の男の子が飛び込んで来た。

危機一髪、一秒と間を置かず、扉がピシャリと閉じて、電車が動きだす。ガタン、と一揺れが来て、乗ったばかりの男の子はバランスをとりそこなってよろけた。

あ、あ……と思う間もなく、私のほうへとよろめいて来た男の子、ドッともろに私の上に倒れ込んだ。

「痛い！」

私がオーバーに声を上げたので、びっくりしたその男の子は、

「ご、ごめん」

と、あわてて起き上がった。

よく見ると、なかなかかわいい顔の男の子である。これだけで、まず半分はきげんもなおった。そして、その男の子は、私が手にしていた宣伝のチラシを見ると、

「あれ、君もその前売りに並びに行くの？」

と言った。

「じゃ、あなたも？」

「そう。女の子に頼まれちゃってね」

と、その子は渋い顔をした。

私はつい笑いだしていた。

「ちょうどいいわ。いっしょに行きましょ。私も友だちの代理なの」

もう私のきげんは完全に元通りに回復し、それどころか、かなりましなほうへと針は動いていた。

その男の子——名前は竹越雄一郎といって、三つ上の十六歳だった。なかなかの秀才らしくて、一種知的なムードなんてものを漂わせている。

「——添山アキラなんて、どこがいいんだい？」

新宿で降り、劇場への道を歩きながら、彼——竹越君が言った。「彼女、いい子なんだけど、こういう好みだけは全然分かんないんだよな」

「私も同じ。でもしかたないわ、友だちのためだもん」

「友情とは寒いもんだね」

と彼は言って、ハーフコートのえりを立てた。これにも私は全く同感だった。

「こんなとこに、前の晩から並ぶもの好き、いるのかなあ。明日の朝早くで十分だと思うけど」

「そうね。もし誰もいなかったら、どっか二十四時間営業の喫茶店にでも入って、朝になるまで、待ってない？」

でも、その考えは「甘かった」のだ。劇場の前へ来て、私も竹越君も啞然とした。前売り券売り場の前には、毛布を敷いたり、毛布にくるまったりした女の子たちが、もう二十人近く、列を作っていたのである。

「すごいのねえ！」

「君、どこか店に入ってろよ」

と、竹越君が言った。「ふたりで並ぶことないさ。僕が君の分までいっしょに買ってあげるから」

「そういうわけにはいかないわ。こっちだって友だちの手前ってものがあるもの」

「いいじゃないか、ちゃんと並んだって言えば」

「うそつくのきらいなんだもん」

「意外と頑固なんだね」

「そうよ。――さ、座りましょ」

「いいな、そのアイディア」

と、竹越君は楽しげに言った。

結局、話し合いの結果、ときどき交替で近くの喫茶店へ暖まりに行こうということになり、まずは、ふたりで座り込んだ。私たちのあとにも、同じ電車に乗って来たらしい、女の子が四、五人、すぐに列を作った。

添山アキラっていうのは、十九歳というふれ込みの、新人にしてはトシ食った歌手である。私の見たところでは、二十三歳――下手すりゃ二十五くらいになってるんじゃないかと思うけど、ともかくちょっと甘ったるい顔と声で、アッという間に人気スターになってしまった。

こうして並んでいる女の子たちを見ていると、大体が私と同じ中学生か、せいぜい高校の一、二年くらい。それにしても大したファイトだ。

夜は長かった。――これで竹越君がいなかったら、ほんとうに、友情も犠牲にして帰っちまってたかもしれない。

当の友人は、風邪ひいて寝込んでるのだ。この分じゃ、こっちも枕を並べて討ち死にかもしれない、と思った。

「少し休んでこいよ」

と、竹越君が言った。

「そう？　じゃ、ちょっと――」

「ゆっくりしてきていいよ」

と、優しい言葉をかけてくれる。

私は立ち上がって歩きだした。手足の先が冷たくって感覚を失いそうだ。歩きながら、先頭に並んでるのはどんな子なのかな、とちょっと横目で見た。

これがすごい。毛布にグルグルとくるまって、頭にスッポリ、フードかぶって、白いマフラーが鼻まで上がっていて、出てるところがないぐらい。――上には上があってのはこのことか！

前売りの窓口のわきの壁にもたれて、眠ってるのか、身動き一つしない。私は、足を速めて、終夜営業の喫茶店へ向かった。

2　父と娘

ホットココアとケーキで、やっと体にぬくもりがもどってくるのに、十五分はかかった。

店の中は、ほぼ三分の二の入り。こんな所で何してんのかしら、と思うような年寄りから、お酒飲んでて帰りそこなって、居眠りしてるサラリーマンまで、いろいろと集まって来ている。

高いタクシー代払うよりは、ここで一杯五百円のコーヒー飲んで眠ってってたほうが安上がりには違いないけど、何となくわびしくなる光景ではある。

私が結婚したら、やっぱり、いくらお金はかかっても、帰って来てほしいと思う。でも、生活が苦しいと、そうも言ってられないのかな。

私と同様、交替であの列から抜けて来たらしい女の子がふたり、震えながら入って来て、すぐ後ろの席に座った。

「寒いよお」

「死にそう！　ね、何食べる？　ラーメンないかな」

「あるわけないでしょ、そんなもの！　喫茶店よ」

「じゃ、ともかく熱いもので、すぐできるものなら、何でもいい！」

その気持ち、よく分かる。——五分ほどして、ふたりはスパゲッティに取り組み始めたが、

「——ねえ、あの男の人、見て」

と、ひとりが言った。

「えっ？　どの人？」

「ほら、あっちの隅。ソフトかぶってる人、いるじゃない」

私も何となくそのほうへ目を向けた。

ソフトといっても、ソフトクリームじゃない。ソフト帽というやつをかぶった、五十歳くらいの、何だかいやに疲れた感じのする男である。

「あの人、知ってるの？」

「うーん、どこかで見たことがあるような気がするんだ」

「どこで？」

「分かんないのよ。――もう少し食べたら思い出すかもしれない」

と、いささか理論的でないことを言って、二口、三口スパゲッティを口へ入れると、

「あ、そうだ！――ほら、あれ、アキラのマネージャーか何かよ！　前にも見たわ。いつもついて歩いてるんじゃない？」

「添山アキラの？　そう？　私は初めて見たけどな」

「きっとそうよ！　この前のリサイタルのときも見かけたんだもの」

と、その子は自信ありげである。

さて、私のほうはだいぶおなかが満足してきたので、そろそろ竹越君と交替するかな、と腕時計を見た。三十分ほどたっている。

あと十分くらいしたら、列のところへもどろう、と思った。――あの寒い中へもど

るというのも、気は進まないけど、まさか、竹越君をひとりで放っとくわけにもいかない。

とはいえ、やっぱり、暖かいってことはいいわね……と、目を閉じて……。

いつの間にやら、眠り込んでしまった。ハッと目を覚まし、いけない、と腕時計を見ると、一時間も眠ってしまっていた。

あわてて立ち上がろうとした私は、誰かにぶつかりそうになった。

「あ――」

「おっと――失礼」

ソフト帽が床に落ちた。あの、添山アキラのマネージャーらしい（かどうか私は知らないけど）男だ。

その男は、帽子を拾うと、

「ええと……君は……」

「え？」

「添山アキラのリサイタルに並んでるのかね？」

「ええ、そうですけど……」

　男は、おずおずとした調子で、

「実は、ちょっと頼みがあるんだけどね」

　と言った。

「――じゃ、娘さんがあの列に？」

「いてくれれば安心なんだがね」

と、その男はうなずいた。「見に行ったりすれば怒るだろうし、といって心配で……」

「大丈夫ですよ、大勢いるんですから。別にひとりでポツンと立ってるわけじゃなくて、けっこうワイワイ騒いでますよ」

　と私は言った。

「いや、そんなことじゃないんだよ。私が心配なのは」

「というと？」

「つまりね、育栄は――娘の名だがあの添山アキラという男の恋人だと言ってるんだ」

「自分で、ですか？」

「そうなんだ。ただのファンとは違う。だから、あんなふうに並んだりすることはない、と言うんだよ」

「そんなこと、ファンになるとよく言うもんですよ」

「私もそう思う。実際、その添山というタレントから電話一本、手紙一通来ていないんだからね」

「心配しなくたって大丈夫ですよ。一種のゲームぐらいに思ってるんですから」

「うん……。しかしね……」

と、その父親は、まるでこの世の終わりがやって来るとでもいうような深いため息をついた。

「何を心配してるんですか？」

と私はきいた。

「いや——こんなことを言うと、笑われるかもしれないがね」

「言ってみてください」

「どうも、あの子がうそをついてるとは思えないんだよ」

と、その父親は言った。

「じゃ、ほんとうに、娘さんが添山アキラの恋人だとおっしゃるんですか？」

「ばかげて聞こえるだろうね」

と、苦笑して、「しかし――うちは母親を十年近く前になくしてね、父ひとり娘ひとりで、私が自由業のせいもあって、ずっと暮らしてきた。だから、娘のことは、普通の父親よりも、ずっと詳しく分かっているつもりだ」

「そうでしょうね」

「娘がうそをついているときは、すぐに分かる。まあ、場合によっては、分からないふりをして、だまされてやることもあるよ。――しかし、添山アキラの話になると……だめなんだ。分からない。――いや、どう見ても、私にはほんとうのことを話しているとしか思えないんだよ」

「あの、失礼ですけど……」

と私は口をはさんだ。「その『恋人』っていう意味は……その……」

「うん。ホテルへいっしょに行ったとかいうわけなんだ」

父親の顔が歪んだ。ひとりで苦労して大きくした娘が、どこの誰かもろくに分からない男とホテルへ行ったなんて、そりゃ腹も立つだろう。

「いろいろと問い詰めてみるが、ともかくほんとうにあの添山と、結婚の約束をした、と言う。結婚といっても十六だよ、娘は！」

「でも、添山アキラのほうは、全然会いにも来ないんでしょ？」

「娘に言わせると、彼は今、人気の出かかった大事なときなので、表立って動けないんだということでね」

「それが娘さんの作り話とは思えない、ということなんですね？」

「うん。しかし、実際にそんなことがあるんだろうか？」

「私にはよく分かりませんけど……。でも、娘さんが自分で、それをほんとうだと信じ込んじゃってるんじゃないですか？」

「そうかもしれないね」

とうなずいたが、父親の不安そうな表情はいっこうに変わらなかった。

「――で、私に、娘さんが列にいるかどうか見てほしい、っていうわけですね？」

「そうなんだ。いや、列の中にいれば、こっちも安心だ。娘はただの一ファンというわけだからね。しかし、いないとなると……」

「どんなスタイルで出かけたんですか？　毛布とか何かを、ごっそり持って？」

「いや、どこかで彼と待ち合わせて、彼のマンションに行くとかで、コートを着ていただけだ。――どこかに毛布や何かを隠しているのかもしれないが」

「それはそうですね」

「これが娘の写真なんだ」

と、手渡されたのは、よく撮れたスナップで、なかなかの美人だ。私ほどじゃないけども……。

「——今夜は彼とふたりで過ごすんだと言って、化粧をして、口紅までつけてね。止めたかったが、かえって意地になるばかりだと分かっていたからね」

「じゃ、見てみますね。でも、みんな毛布にくるまって寝てるから、顔が分かるかどうか……」

「むちゃを言ってすまないね。できるだけ、でいいんだ」

その父親の、物静かな様子に好感を持ったので、私は写真を手に、さっそく劇場の前へともどった。幸い、風がやんで、多少は楽になっている。

「——ごめんね」

と竹越君に声をかける。

「いいんだよ。——じゃ交替するか」

「その前にちょっとお願いがあるの」

「何だい?」

私が写真を見せて、事情を説明すると、竹越君もいっしょに捜(さが)してくれることになった。

　しかし、これが容易じゃなかった。ともかく、行列は、私が休憩している間に、たっぷり百メートル近くまでも伸びていたのだ！

　それでも、一応は約束だ。私と竹越君は、ずっと列をたどって、女の子たちの顔を、ひとりひとり、眺めて行った。

　中には、完全に毛布などにくるまっている子もいて、全部の顔は見られなかったけれど、まあ九割方の顔は確かめた。その中に例の娘はいなかった。

　あの喫茶店へもどって父親にそのことを話すと、何度も礼を言われ、五千円札まで手に押しつけられてしまった。

「こんなつもりじゃ――そうですか――じゃ、いただきます」

　割とアッサリもらって、ポケットへ入れる。

「もう帰るんですか？」

「いや、一応、朝まで待ってみるよ。明るくなれば、遠くからでも娘の顔が見分けられるからね」

　列のほうへともどりながら、親っていうのも、けっこう大変なんだな、と私は考えていた……。

3　白いマフラー

朝が来た。

結局、竹越君と話をしていて、一睡もしなかったが、あまり疲れは感じなかった。

あちこちで、毛布にくるまって眠っていた子たちが起きだすのが見えた。

「あの育栄って子、いるかしら？」

「どうかな。——もう一度捜してみるかい？」

「父親が見に来るって言ってたわ」

劇場の戸が開いて、作業服を着た、はげ頭のおじさんが寒そうに出て来る。

「こりゃ、大したもんだ」

と、目を丸くして行列を眺める。

「この寒いのになあ！」

「おじさん、トイレ貸して」

と女の子のひとりが言うと、

「ああ、中のを使っていいよ」

たちまち十人くらいの女の子が、劇場の中へ駆け込んで行った。

「これじゃ掃除もできんな」

そのおじさんは、はげ頭をなでながら言って、

「一番の子はまだ寝てるのか」

とかがみ込んだ。

「おい。もう起きな。――朝だよ」

と、あの毛布にくるまった子を揺さぶる。

「おい。――どうした？――おい、大丈夫か？」

声が緊張している。私と竹越君は顔を見合わせた。

「――大変だ」

はげ頭のおじさんは青くなっていた。

そして、急いで毛布ごとかかえ上げると、劇場の中へと運び込んで行く。「冷たくなってるぞ！」

「まさか……凍死？」

と私は言った。

「そんなことないと思うけど……」

竹越君も、不安げだ。

私たちは、劇場の中へと入ってみた。中はもちろんまだ暗くて、どこが何やらよく分からない。トイレからもどって来た女の子にきくと、

「あのはげた人？　そっちへ行ったわよ」

と奥のほうを指さす。

薄暗い通路を歩いて行くと、ドアの一つが開いていて、明かりがもれている。

「――そうなんです」

と、あのおじさんの声がした。「すぐに救急車を！」

私たちが顔を出すと、おじさんは、ギョッとしたように見て、

「何だね？」

「あの……どうかしたんですか？」

「まったく困ったもんだ！」

と首を振る。

ソファに、十五、六の女の子が横たわっていた。

青ざめて、血の気がない。

「凍死したらしいよ。今、救急車を呼んだんだが、むだだろう」

私はゴクリと唾を飲み込んだ。

「おい、あの子じゃないか！」

と、竹越君が言った。

「え？」

「捜してた子だよ！」

私は近寄って、その女の子の顔をのぞき込んだ。――そうだった。化粧をして、口紅をつけているし、今は生気を失ってしまったので、すぐには分からなかったのだが、間違いなく、あの父親が捜している娘だった！

「知ってるのかね？」

と、おじさんがきく。

「ちょっと……」

「――僕がお父さんを呼んで来よう」

と、竹越君が言った。

「あなた、顔が分からないでしょ。私、行く」

私は部屋を飛び出した。

表に出ると、すぐにあの父親が歩いて来るのが目に入った。とたんに私は、後悔した。

竹越君に任せるべきだったのだ。――いったい、父親に何と言えばいいのだろう?

「やあ、さっきはすまなかったね」

と、向こうから声をかけてきた。

「あの……実は……」

添山アキラが入って来た。

TVで見るより、だいぶ小柄で、近くで見ると、特にどこといって見映えのしない男に見えた。

劇場の中の一室。ソファに、あの女の子の死体が横たえられている。父親はそのそばで、なかば放心状態だった。

「添山さんですね」

と言ったのは、警官だった。

「そうです」

「実は、この劇場の前でゆうべから、列を作っていた女の子のひとりが、凍死してしまったんです」

「それはまた……」

「そのお父さんのお話では、娘さんはあなたと直接知り合いだと言っていたらしいんです。ちょっと顔を見ていただけますか」

「はあ……」

いたって神妙な様子で、添山アキラはソファのほうへ近づいた。そして、その娘の顔をじっと見ていたが、

「――心当たりがありませんね」

と首を振った。

「そうですか」

「ファンレターの返事ぐらいは出したかもしれませんが……」

添山は父親のほうへと向いて、

「――お父さんですか、この方の?」

と声をかけた。

「はあ……」

父親が力なくうなずく。

「こんなことになって申しわけありません」

と、添山は頭を下げた。「僕のほうで、あらかじめこういうことのないように手を

打つべきでした」

「いや……。あんたの責任じゃありませんからね」

「それにしても……僕がいなければ、お嬢さんはこんなことにならずにすんだのですから……」

添山は深々と頭を下げた。「ほんとうに申しわけありませんでした」

私はなんだかやけにイライラしていた。――添山アキラの態度は、なかなか立派だった。立派すぎた。

それが何だかわざとらしく、計算されているようで、いやだったのだ。

私はテーブルの上に積み上げられた毛布やマフラーのほうに歩いて行って、手に取ってみた。

これだけのことをして、凍死するなんて……。しかし、ほんとうに死んでいるのだから、しかたない。

マフラーを広げてみる。真っ白で、しみ一つない。

「――おかしいわ」

と私は言った。

「何が？」

　と、竹越君がきく。

「このマフラー。汚れ一つないわ。これを鼻までいっぱいに上げて、巻いてたのよ」

「それがどうして――」

「分からない？　育栄さんは口紅をつけてたのよ。それなのにマフラーにその跡が全然ないのはどうして？」

　部屋の中が静まり返った。――添山が咳払いして、

「じゃ、僕は仕事があるので」

　と、歩きだそうとした。

「待って！」

　私の頭に、何かがひらめいた。私は直接行動に出た。添山アキラのほうへ駆け寄ると、彼の髪の毛をつかんで引っ張ったのだ。――バリッと音がして、下から、みごとにはげた頭が現れた。その顔は、あの、作業服のおじさんだった！

「あの毛布にくるまってたのはほかの女だったんだわ」

　と私は言った。「育栄さんはほかの所で凍死させられ、ここへ運び込まれてたのよ。そして、毛布にくるまっていた女は、トイレを借りに入った女の子たちにまぎれて外

へ出たんだわ」

添山アキラがふっと肩を落とした。

「——僕は——もう三十七なんだ。——うそをつくのに疲れた。この子は、僕にとってはいい遊び相手だったんだ。——でも、彼女のほうが本気になった。僕のほんとうの年齢も知っていた。冷たくすれば、しゃべってしまうかもしれない……」

「だから娘を殺したのか！」

怒りに震えて、父親が添山へ飛びかかった。

「——哀しいわ」

と私は言った。

竹越君とふたり、すっかり陽の高くなった新宿の街を歩いている。

「どっちもね。あの女の子も、添山アキラも」

「そう。……辛いもんね、スターも」

「でも、君、すごいじゃないか、真相を見破ったなんて」

「うん、だって、悪いじゃない、五千円ももらって。それ相応のことしなきゃね」

「なるほどね」

私は、竹越君の腕を取った。

「――これから、この五千円をどう使うか、ふたりで検討しない？」

ゆうべの寒さがうそのような、暖かい午後だった。

解説

郷原　宏

『僕らの課外授業』は、いま人気絶頂の作家赤川次郎氏によるミステリーの課外授業です。赤川氏は正課（つまり本格推理）の授業のうまさにも定評がありますが、とくにこうしたサスペンス・タッチの課外授業をやらせたら天下一品で、中学生からお年寄りまで幅広い人気を集めています。ミステリーはこれまで一部の熱狂的なファンに支持される地方区の文芸だったのですが、赤川氏の人気は明らかに全国区です。かつて吉川英治はその支持基盤の厚さから国民作家と呼ばれましたが、赤川氏はさしずめ現代の国民作家だといっていいでしょう。

それでは、赤川氏のこの人気は一体どこからくるのでしょうか。

すぐに思い浮かぶ理由のひとつは、話が明快でわかりやすいことです。ミステリーはもともと犯罪を通じて人間の謎を追求する文学ですから、話がどうしても暗くて重いものになりがちです。それで人間の暗さや重さがきちんと解明されていればまだいいのですが、中途半端に終わった場合には、後味の悪さだけが残ることになります。

教養や自己啓発のためではなく娯楽と慰安のためにミステリーを読む大部分の読者にとって、これはなんとも歯がゆいことでした。もちろん、ミステリーファンの気持ちのどこかに〈こわいもの見たさ〉の心理があったことは否めませんが、できればそれをもっと軽く料理してもらいたいと望んでいたのです。

赤川氏はこのディレンマをいとも簡単にクリアーしてみせました。そのフットワークが余りにも軽快だったために、人々はそこにどれほどの決意がこめられていたかに気がつきませんでしたが、江戸川乱歩以来半世紀にわたる日本の推理小説史に照らしてみて、それはまさに革命と呼ぶにふさわしい事件であったと思います。なぜなら、赤川氏の登場によって初めて人々は心に少しのやましさもなく、ときにはケラケラ笑いながら、物語のなかの殺人を楽しむことができるようになったからです。戦前の探偵小説の時代に、いや昭和三十年代の社会派ブームの時代に、一体だれがこのような作家の出現を予想しえたでしょうか。

赤川氏にこの飛躍をもたらしたものは、ひとつにはもちろん赤川氏自身の才能と努力ですが、それと同時に、その才能を育てた時代的背景を見落とすわけにはいきません。ファンならすでにご存じのとおり、赤川氏は昭和五十一年（一九七六）の秋、第十五回「オール讀物」推理小説新人賞受賞作『幽霊列車』に乗って、さっそうとデビユーしました。それ以来八年間、他のだれよりも速く、まただれよりもたくさんの乗客を乗せて、ミステリーの新幹線を走りつづけています。

赤川氏のデビューした時代をひとことでいえば、高度経済成長のあとの大衆文化の時代だったといえると思います。それまでの三十年間、人々は働きづめに働いて空前の経済的繁栄を手に入れましたが、石油ショックでふと立ち止まってみると、自分たちが働くだけで楽しみを知らないことに気がつきました。そこでモーレツからビューティフルへの転換が行なわれ、レジャーブームが到来しました。出版界もこれを反映して、従来の教養書や全集物に代わって娯楽読物や実用書がよく読まれるようになり、形態的にもハンディな文庫本や新書判が主流になりました。そのなかで出版物のビジュアル化が進行し、大判のグラフ雑誌がいくつも創刊されたほか、五十八年にはついに文庫判の雑誌も登場しました。

出版界のこうした傾向は、一般に軽薄短小志向と呼ばれています。それはテレビ文化の影響で若い人たちの活字離れが進み、厚い本を読むだけの根気がなくなったことを示していますが、一方では読者がそれだけ正直に本を読むようになった証拠だともいえると思います。本は生活のためにどうしても必要だというものではありません。読まなくても死ぬわけではないし、読んだからといってトクをするわけでもない。読みたい人が自分の判断で自由に読めばいいものです。

ところが、日本人にはへんな教養志向みたいなものがあって、読みたくもない本を無理して読んだり、人にすすめたりする傾向があります。教育の一環としては、それにもまったく意味がないとはいいませんが、言論・出版の自由――つまり読書の自由という点からいえば、これはかなりおかしいと思います。強制的な読書は、むしろ活字離れを助長することにしかならないのではないでしょうか。何かと制約の多い世の中ですが、だからこそせめて本ぐらいは自分で選びたい。軽薄短小が時の流れならば、私はそれでいっこうにかまわないと思います。要は活字に親しむ機会がふえればいいわけですから。

思わず回り道をしてしまいましたが、赤川氏はこの軽薄短小時代を代表する作家のひとりです。それは単に彼の作品が軽くて薄くて短くて小さいということではありません。一見したところそういう作品が多いのは事実ですが、少し注意してみれば、そこには軽薄や短小といったことばでは片づけられない重厚で長大なテーマが潜んでいます。むしろ見かけだけ重厚長大な同時代の多くの作品より、そのテーマはよほど切実で深遠な問題意識をはらんでいるといっていいでしょう。ただ、どんなに切実で深遠なテーマでも、それを一見したところ実にらくらくと書いてしまう、というより書けてしまうところに、赤川氏の才能の新しさがあるといえるのです。

赤川氏のこの才能は、プロットにもストーリーにも登場人物の性格づくりにも発揮されていますが、読者にとって一番わかりやすいのは、なんといってもその文体です。たとえば本書の冒頭部分を引用してみましょう。

《朝の八時四十分頃、東京駅に行ったことがあるかな。

もちろん、祭日や日曜日じゃない、普通の日だ。そう、たぶんないだろうな。中学生や高校生には、およそそんな時間に東京駅へ行く用事なんて、考えられない。》

これを会話体の文章と呼ぶことにすれば、赤川氏の青春ミステリーの多くは、こうした会話体ではじまります。もっと普通の文章で書かれている場合でも、そこには必ず読者に対する呼びかけが含まれています。のっけから作者にこう呼びかけられれば、読者はだれだって「いいとも」と返事をしないわけにはいきません。そして、そう返事をしたときには、読者はもう作者のしかけた物語の罠にとらえられてしまっています。そこで作者はやおら「ところで」と長い物語を語りはじめるのです。

注意深い読者ならもうお気づきのように、これはテレビ番組、とくにバラエティ・ショーの語り口に似ています。テレビ番組は小説などと違って最初から時間の枠が決まっていますから、そのなかで最大の表現効果を上げるために、さまざまな工夫がこらされています。いきなり読者の関心を引くような奇抜なオープニング、それを持続させるためのすばやい場面転換、不要な説明を省いて登場人物の会話だけで状況を知らせる作劇術、そしてなによりもスピーディなストーリィ展開……。こうしたテレビの特徴は、そのまま赤川氏の文体にもあてはまります。赤川氏の場合は、その上にさらに活字表現特有の記録性や論理性、イメージ喚起力などが加わるわけですから、その作品がおもしろくならないわけがありません。赤川氏の読者に、テレビで育った若い人たちが多いのは、決して偶然ではないのです。

さて、ここには表題作のほかに「何でも屋は大忙し」「ラブ・バード・ウォッチング」「夢の行列」の三編が収録されています。いずれも中・高校生向きの雑誌に発表されたもので、「何でも屋は大忙し」以外は中・高校生が主人公になっています。つまり名実ともに若い読者を対象にした青春ユーモア・ミステリーですが、学生割引は一切ありません。三十年間ミステリーを読みつづけてきた私のようなオジンの目からみても、構成のしっかりした粒よりの作品ばかりです。こういう短編集を文庫本で読める現代の青春の幸福を思わずにはいられません。

（一九八四年二月・文庫初刊より再録）

本書は1984年2月角川書店より刊行されました。なお、本作品はフィクションであり実在の個人・団体などとは一切関係がありません。

徳間文庫

僕らの課外授業

2021年4月15日 初刷

著者 赤川次郎

発行者 小宮英行

発行所 株式会社徳間書店

東京都品川区上大崎三−一−一 〒141−8202
目黒セントラルスクエア

電話 編集〇三(五四〇三)四三四九
販売〇四九(二九三)五五二一

振替 〇〇一四〇−〇−四四三九二

印刷
製本 大日本印刷株式会社

ISBN978-4-19-894637-1 (乱丁、落丁本はお取りかえいたします)